황동규 시전집

어떤 개인 날~악어를 조심하라고?

I

문학과지성사
1998

황동규 시전집 1

초판 1쇄 발행 1998년 4월 9일
초판 11쇄 발행 2024년 7월 5일

지은이 황동규
펴낸이 이광호
펴낸곳 ㈜문학과지성사
등록번호 제1993-000098호
주소 04034 서울 마포구 잔다리로7길 18(서교동 377-20)
전화 02)338-7224
팩스 02)323-4180(편집) 02)338-7221(영업)
전자우편 moonji@moonji.com
홈페이지 www.moonji.com

ISBN 89-320-0999-6

황동규 시전집

어떤 개인 날~악어를 조심하라고?

I

차 례

어떤 개인 날(1961)

한밤으로 / 17

겨울 노래 / 19

달 밤 / 21

기 도 / 22

겨울밤노래 / 24

얼음의 비밀 / 26

눈 / 29

겨울날 단장(斷章) / 30

이것은 괴로움인가 기쁨인가 / 32

어떤 개인 날 / 35

시 월 / 37

즐거운 편지 / 40

봄날에 / 41

동백나무 / 42

유성(流星) / 43

조그만 방황 / 44

갈매기 / 45

엽 서 / 46

소곡(小曲) 1 / 48

소곡 2 / 49

소곡 3 / 50

소곡 4 / 51

소곡 5 / 52

소곡 6 / 53

소곡 7 / 54

소곡 8 / 55

어떤 여행 / 56

피에타 / 59

물의 밝음 / 60

새벽빛 / 61

비가(1965)

비가(悲歌) 서시 / 67

비가 제 1가 / 68

비가 제 2가 / 70

비가 제 3가 / 73

비가 제 4가 / 75

비가 제 5가 / 78

비가 제 6가 / 80

비가 제 7가 / 83

비가 제 8가 / 87

비가 제 9가 / 90

비가 제 10가 / 93

비가 제 11가 / 97

비가 제 12가 / 100

여행의 유혹 / 103

십사행(十四行) / 104

늦가을 아침 / 105

오래 기다린 하루 / 106

겨울날 엽서 1 / 107

겨울날 엽서 2 / 108

네 개의 황혼 / 109

마른 여울 / 112

태평가(1968)

기항지 1 / 115
기항지 2 / 116
기항지 3 / 117
겨울 항구에서 / 118
남해안에서 / 119
흙 집 / 121
세 개의 정적 / 122
한 시민 / 124
태평가 / 125
밤에 내리는 비 / 126
심야(深夜) / 128
선지자 예감 / 129
제왕의 깊은 그늘 / 130
그대 옆 / 131
도주기(逃走記) / 132
브라질 행로 / 133
오십보(五十步) 시 / 135
마당에서 / 136
가을의 편지 / 137
들기러기 / 138
밤 헤엄 / 139
비망기 / 140
외지에서 1 / 143
낙 법 / 144
외지에서 2 / 145
외지에서 3 / 146

북 해 / 147

외지에서 4 / 149

외지에서 5 / 150

구석기실에서 / 151

호구(虎口) / 152

이순신 / 153

전봉준 / 154

이중섭 / 155

북해의 엽서 1 / 156

북해의 엽서 2 / 157

친구의 아내 / 158

삼남에 내리는 눈 / 159

런던 박물관에서 / 160

천기(天機) / 161

왕도의 변주 1 / 163

왕도의 변주 2 / 164

왕도의 변주 3 / 165

왕도의 변주 4 / 166

눈, 1967 / 167

사랑 노래, 1968년 / 168

열하일기(1972)

겨울 바다 / 173

이른 눈 / 174

철 새 / 175

새 / 177

논 1 / 178

논 2 / 179

논 3 / 180

허균(許筠) 1 / 181

허균 2 / 182

허균 3 / 183

허균 4 / 185

열하일기 1 / 186

열하일기 2 / 187

열하일기 3 / 188

열하일기 4 / 189

열하일기 5 / 190

열하일기 6 / 191

열하일기 7 / 192

열하일기 8 / 194

열하일기 9 / 195

열하일기 10 / 196

아내가 있는 풍경 / 197

꽃 1 / 198

신초사(新楚辭) / 199

어느 조그만 가을날 / 203

아이오와 일기 1 / 204

아이오와 일기 2 / 207

아이오와 일기 3 / 208

봄 제사(祭祀) / 211

입술들 / 212

나는 바퀴를 보면 굴리고 싶어진다(1978)

연등(燃燈) / 217

서로 베기 / 218

바다로 가는 자전거들 / 219

지붕에 오르기 / 221

장마 때 참새 되기 / 224

불 끈 기차 / 225

여름 이사 / 226

여 행 / 228

일 기 / 229

지하실 / 230

나는 바퀴를 보면 굴리고 싶어진다 / 231

말하는 광대 / 232

꿈, 견디기 힘든 / 233

우리 죽어서 깨어날 때 / 234

성긴 눈 / 236

계엄령 속의 눈 / 238

초가(楚歌) / 239

낙백(落魄)한 친구와 잠을 자며 / 240

아이들 놀이 / 241

새 들 / 242

편지 1 / 243

그 나라의 왕 / 244

바닷새들 / 246

세 줌의 흙 / 247

수화(手話) / 249

정감록 주제에 의한 다섯 개의 변주 / 252

조그만 사랑 노래 / 258

더 조그만 사랑 노래 / 259

더욱더 조그만 사랑 노래 / 260

김수영 무덤 / 261

돌을 주제로 한 다섯 번의 흔들림 / 264

물 / 268

편지 2 / 270

맨 홀 / 271

정원수(庭園樹) / 273

초가을 변두리에서 / 275

모래내 / 276

눈 내리는 포구 / 277

사랑의 뿌리 / 279

저 구름 / 283

생략할 때는 / 284

어젯밤 말 한 마리 / 285

오늘은 아무것도 / 286

뒤돌아보지 마라 / 288

서서 잠드는 아이들 / 289

그대 뒤에 서면 / 291

맨발로 풀 위를 / 293

우리는 수상한 아이들 / 294

악어를 조심하라고? (1986)

꽃 2 / 297

삶에 취해 / 298

별 / 299

혼(魂) 없는 자의 혼노래 1 / 300

혼 없는 자의 혼노래 2 / 301

혼 없는 자의 혼노래 3 / 302

혼 없는 자의 혼노래 4 / 303

악어를 조심하라고? / 304

꽃이 질 때 / 312

점박이 눈 / 313

첫 봄비 / 316

금지곡처럼 / 317

피 / 318

벌도 나비도 없이 / 320

방림(芳林)의 가을 / 321

청령포(淸泠浦) / 322

줄타기 / 326

시 인 / 327

꽃 한 송이 또 한 송이 / 328

따로따로 그러나 모여 서서 / 329

아파트생전(生傳) / 330

어린 시절 애인의 죽음 / 332

겨울의 빛 / 333

최후의 솔거(率居) / 339

둘이서 하늘을 날려면 / 340

눈 감고 섬진강을 건너다 / 341

망초꽃 / 343

노래자이의 노래놀이 / 344

편 지 / 348

다시 편지 / 352

누가 몰래 다녀갔을 때 / 353

어떤 개인 날
(1961)

한밤으로

우리 헤어질 땐
서로 가는 곳을 말하지 말자.
너에게는 나를 떠나버릴 힘만을
나에게는 그걸 노래부를 힘만을.

눈이 왔다, 열한시
평평 눈이 왔다, 열한시.

창밖에는 상록수들 눈에 덮이고
무엇보다도 희고 아름다운 밤
거기에 내 검은 머리를 들이밀리.

눈이 왔다, 열두시
눈이 왔다, 모든 소리들 입다물었다, 열두시.

너의 일생에 이처럼 고요한 헤어짐이 있었나 보라
자물쇠 소리를 내지 말아라
열어두자 이 고요 속에 우리의 헤어짐을.

한시

어디 돌이킬 수 없는 길 가는 청춘을 낭비할 만큼 부유한 자 있으
리오
어디 이 청춘의 한 모퉁이를 종종걸음칠 만큼 가난한 자 있으리오
조용하다 지금 모든 것은.

두시 두시

말해보라 무엇인가 무엇인가 되고 싶은 너를.
밤새 오는 눈, 그것을 맞는 길
그리고 등을 잡고 섰는 나
말해보라 무엇인가 새로 되고 싶은 너를.

이 헤어짐이 우리를 저 다른 바깥
저 단단한 떠남으로 만들지 않겠는가.
단단함, 마음 끊어 끌어낸……
너에게는 떠나버릴 힘만을
나에게는 노래부를 힘만을.

겨울 노래

미소

너의 집 밖에서 나무들이 우는 것을 바라본다.
얼은 두 볼로 불 없이 누워 있는
너의 마음가에 바람 소리 바람 소리.
내 너를 부르거든
어두운 뒤꼍으로 나가
한겨울의 꽝꽝한 얼음장을 보여다오.
보라, 내 얼굴에서 네 무엇을 찾을 수 있는가.
네 말없이 고개를 쳐들 때
하나의 미소가 너의 얼굴에, 하나의 겨울이 너의 얼굴에.
아는가
그 얼은 얼굴의 미소를 지울 수 있는 것이
우리에게 있는가.

불

나보다도 더 겨울을 바라보는 자여,
목 위에 타오르는
얼굴을 달고
막막히 한겨울을

바라보는 자여,
무모한 사랑이 섞여 있는
그런 노래를 우린 부르자.
언젠가 오 우리 여기 있다, 대답하고
얼은 우리의 일생에 우린 올라서자.
귀기울이지 않아도 바람 소리 바람 소리
그 속에 서 있는 우리는
손잡고 조용히 취한 사내들의 목소리가 되어 있으리.

달 밤

누가 와서 나를 부른다면
내 보여주리라
저 얼은 들판 위에 내리는 달빛을.
얼은 들판을 걸어가는 한 그림자를.
지금까지 내 생각해온 것은 모두 무엇인가.
친구 몇몇 친구 몇몇 그들에게는
이제 내 것 가운데 그중 외로움이 아닌 길을
보여주게 되리.
오랫동안 네 여며온 고의춤에 남은 것은 무엇인가.
두 팔 들고 얼음을 밟으며
갑자기 구름 개인 들판을 걸어갈 때
헐벗은 옷 가득히 받는 달빛 달빛.

기 도

1

　내 잠시 생각하는 동안에 눈이 내려 눈이 내려 생각이 끝났을 땐 눈보라 무겁게 치는 밤이었다. 인적이 드문, 모든 것이 서로 소리치는 거리를 지나며 나는 단념한 여인처럼 눈보라처럼 웃고 있었다.

　내 당신을 미워한다 하여도 그것은 내가 당신을 사랑하는 것과 마찬가지였습니다. 당신이 나에게 바람 부는 강변을 보여주면은 나는 거기에서 얼마든지 쓰러지는 갈대의 자세를 보여주겠습니다.

2

　내 꿈결처럼 사랑하던 꽃나무들이 얼어 쓰러졌을 때 나에게 왔던
그 막막함 그 해방감을 나의 것으로 받으소서.
나에게는 지금 엎어진 컵
빈 물주전자
이런 것이 남아 있습니다.
그리고는 닫혀진 창
며칠 내 끊임없이 흐린 날씨
이런 것이 남아 있습니다.
그리곤 세 명의 친구가 있어
하나는 엎어진 컵을 들고

하나는 빈 주전자를 들고
또 하나는 흐린 창밖에 서 있습니다.
이들을 만나소서
이들에게서 잠깐잠깐의 내 이야기를 들으소서.
이들에게 막막함이 무엇인가를 묻지 마소서.
그것은 언제나 나에게 맡기소서.

3

한 기억 안의 방황
그 사방이 막힌 죽음
눈에 남는 소금기
어젯밤에는 꿈 많은 잠이 왔었다.
내 결코 숨기지 않으리라
좀더 울울히 못 산 죄 있음을.

깃대에 달린 깃발의 소멸을
그 우울한 바라봄, 한 짧고 어두운 청춘을
언제나 거두소서
당신의 울울한 적막 속에.

겨울밤노래

조금이라도 남은 기쁨은 버리지를 못하던
해지는 언덕을 오를 때면 서로 잡고 웃던
해서 눈물겹던 사내여 오라.
우리 같이 흰 흙을 핥던 오후에는 배가 안 고프고
언덕에서 내려뵈던 깊은 황혼
캄캄하게 그 황혼 속을 달려가던 사내여 오라.

겨울날 빈터에 몰려오는 바람 소리
그 밑에 엎드려 얼음 씹어 목을 축이고
얼어붙은 못가에
등을 들판으로 돌리고 서서
못 속에 있는 우리의 마음을 바라볼 때
몸과 함께 펄럭이던 우리의 옷을 보라.

걷잡을 수 없이 떨리는 손
그 떨리는 손에 네 목을 잡고
머리칼 날리며 빙판에 서서
서로 마주보며 네 목을 잡고
내 들려주리
쓰러지지 않았던 쓰러지지 않았던 사내의 웃음을.

어둡다 말하면 대답 소리 들리는
쇳날을 만지면 손가락 떨어지는
그런 떨리는 노래는 이제 우리에게.
서로 붙잡은 우리의 어지러움
어지러움 속으로 길은 헐벗고 달려가고
그 길 끝에 열려 있는 술집은 이제 우리에게.

친구여 너는 술집의 문을
닫아도 좋다.
문을 닫아도 바람 소리 바람 소리.
우리 같이 흰 흙을 핥던 오후에는 배가 안 고프고
그때 땀 흘리던 우리의 배를 기억하라.
열린 채 땀 흘리던 우리의 입을 기억하라.

허면 아침이 눈길 위로 올 때까지
우리 서로 사람 냄새를 풍기며
때로 주먹으로 벽을 두드리고 기름 냄새를 맡으며
줄어드는 심지를 바라보며
단추 떨어진 우리 젊은 날의
어둡다 말하며 벗어던진 옷을 말리자.

얼음의 비밀

어느 겨울날

눈이 그쳤을 때, 바람이 불 때, 내 외롭지 않을 때
나는 갔었다, 너의 문 닫는 집으로
얼은 벽에 머리 비비고 선 사내에게로
너의 입가에서 웃음으로 바뀌는 너의 서 있는 자세에로.
나를 성에 사이로 이끌던
헐벗은 옷 틈새의 웃음 소리, 내민 살의 내민 살의 웃음 소리.
네 앞에 누가 잠잠할 수 있을 건가.
누가 네 머리 비비는 웃음을 끊고 싶지 않을 건가.
허나 배반하고 말았다, 눈을 가리고 얼은 듯이 쓰러지며
배반하고 말았다, 나를 벗어나려 하는 말들을.

얼음 위에서

네 웃으며 집을 나간 후에 지친 듯이 눈이 멎고 저녁은 사라지고
내 혼자 바라보는 어둠 속으로 걸어가는 너의 모습, 친구여, 어둠
속에 가만히 귀를 기울이는, 친구여, 이미 취한 것도 아닌 비틀대는
무릎을 꿇고 엎드려서 배 밑에 깊숙이 얼어 있는 땅의 맥을 짚어보
는, 쓸쓸히 기다리는, 그러나 아무런 대답 없는, 우리의 모든 사랑
이 일시에 배반당하는 것 같은, 그래 머리를 언 땅 위에 부딪고 마

는 친구여, 그때마다 나는 이른 잠에서 불현듯 깨어 불을 켜고 너에게 편지를 쓴다.

나는 외롭지 않다. 너는 머리를 흔들어라. 기다린 건 언제나 오지 않았다, 친구여, 엎드린 얼굴을 들고 이제 흥미없이 일생을 살아버리는 자의 웃음을 보여다오. 그 웃음이 끝날 때에는 내 조용히 새로운 웃음을 만들어주마.

땅

때로 날이 끝난 곳에서
하나의 이름이 떠오른다.
모든 기억을 부를 수 있는 이름
모든 것이 쓰러져버리는 이름
오 배에 닿는 외로움.
땅이여, 어디에 엎드려도 나를 밀어내지 않는
어디서나 내 조용히 떨고 다닌
언젠가 훈훈한 술집에서 나올 때
네 위에 갑자기 나를 쓰러뜨려
서 있는 것의 맛을 알게 한
땅이여, 나의 젊은 날에는 언제나
녹슬 만큼 굳은 노래 하나 없고

그림자처럼 오가는 사람들뿐, 사람들뿐.
다만 기다리라, 내 언젠가 그 그림자들 속에서 미친 듯이 나타나
너에게 배신과 열망의 입을 맞추고
죽고 새로 나는 길 위를 큰 북 껴안 듯이 걸어갈 때를
그때 잠 깨인 나의 목소리를.

눈

오 눈이로군
그리고 가만히 다닌 길이로군.
입김 뒤에 희고 고요한 아침
옆집 나무가 소리없이 내 얼굴에 눈을 한줌 뿌린다.
눈이 시리다.
서울의 폐허 온통 하얀 꿈으로.
오 눈이로군.
스스로 하나의 꿈이 되기 위하여
나는 꿈꾼다, 꿈꾼다, 눈빛 가까이
한 차고 환한 보행(步行)을
한 눈시림을.

겨울날 단장(斷章)

1

좀 늦었을 뿐이다, 좀 늦었을 뿐이다, 나의 뼈는 제멋대로 걸어가
고. 차가운 얼굴을 들면 나무들은 이미 그들의 폭을 모두 지워버려,
폭이 지워지면 앙상히 드러나는 날들, 내 그걸 모를 리 없건만, 오
모를 리 없건만, 외로운 때면 언제나 그들에게 다가간다.

이제 누가 나의 자리에 온다고 하면, 보리라, 각각으로 떨어지는
해를, 어둑한 나무들을, 그 앞에 그대를 향해 두 팔 벌린 사내를, 그
의 눈에 잠잠히 드는 지평을, 그리고 그의 웃음을, 그대는 보리라.

2

어두운 겨울날 얼음은
그 얼음장의 두께만큼 나를 사랑하고
그 사랑은 오랫동안 나를 버려두었다.
때로 누웠다가 일어나
겨울저녁 하얀 입김을 날리며 문을 열 때면
갑자기 내 입김 속에 들어오는 조그만 얼굴
얼굴을 가리는 조그만 두 손
나는 알겠다, 언제부터인가

육체의 쓴맛이 머리칼 곱게 빗고 흙내음을 맡으며
얼마나 오랜 나날을 닫힌 문 속에 있었는가를.
나는 여기 있다
미친 듯이 혼자 서서 웃으며
나는 여기 있다
너의 조그만 손등에 두 눈을 대고
네 뒤에 내리는 설경(雪景)에
외로울 만치 두근대는 손을 내민다.

3

요즘 와서는 점점 더 햇빛이 빨라져 조금 살다보면 어느샌가 어
둠이 내려, 만나라 친구들이여, 눈 멎은 저녁 모퉁이에서 갑자기 서
로 떨리는 손들을 내밀고, 찾아라, 서로 닮은 점들을, 서로 닮은 곳
에 흘러내리는 눈물을. 잘들 있었는가. 그대들은 어느 곳에 상처를
받았는가. 나도 닮은 곳에 얼음을 받지 않았는가. 혹은 내가 팔을
벌렸던가. 만나라 친구들이여, 내 얼은 거리에 등을 붙이고 서서 서
로 만나는 그대들을 맞으리니.

이것은 괴로움인가 기쁨인가

1

내 그처럼 아껴 가까이 가기를 두려워했던 어린 나무들이 얼어 쓰러졌을 때 나는 그들을 뽑으러 나갔노라. 그날 하늘에선 갑자기 눈이 그쳐 머리 위론 이상히 희고 환한 구름들이 달려가고, 갑자기 오는 망설임, 허나 뒤를 돌아보고 싶지 않은 목, 오 들을 이 없는 고백. 나는 갔었다, 그 후에도 몇 번인가 그 어린 나무들의 자리로.

그러던 어느 날 누가 내 젊음에서 날 부르는 소리를 들었노라. 나직이 나직이 아직 취하지 않은 술집에서 불러내는 소리를.

날 부르는 자여, 어지러운 꿈마다 희부연한 빛 속에서 만나는 자여, 나와 씨름할 때가 되었는가. 네 나를 꼭 이겨야겠거든 신호를 하여다오. 눈물 담긴 얼굴을 보여다오. 내 조용히 쓰러져주마.

2

갑자기 많은 눈이 내려 잘 걸을 수 없는 날
나는 너를 부르리.
그리고 닫힌 문 밖에
오래 너를 세워두리.

희부연한 어둠 속에 너의 머릿속에
소리없이 바람은 불고
문이 열리면
칼로 불을 베는 사내를 보게 해주리.
타는 불 머리의 많은 막막함
흩어진 머리칼 아래 무심한 얼굴
혼자 있는 사나이의 청춘
그물 속의 불빛 그물 속의 불빛
뒤를 보려무나
그 사이에 나는 웃으리, 금간 얼음장에 희부연한 빛으로.
그물 속의 불빛 그물 속의 불빛
나는 너를 보리.

3

나무들이 요란히 흔들리는 가운데 겨울 햇빛은 떨어지며 너를 이
끌어들인다, 얼은 들판을 바라보고 앉아 있는 나에게로. 잘 왔다 친
구여, 내 알려줄 것이 있다. 저 캄캄해오는 들판을 바라보라. 들판
을 바라보는 그대로 너를 나에게 오게 하는 법을 배웠느니라.

이제 무엇을 말하겠는가. 혹은 다시 보겠는가. 네 허전히 보낸 나

날의 표정 없는 얼굴을. 네 그처럼 처음을 사랑했던 꿈들을.

보여라, 살고 싶은 얼굴을. 보아라, 어지러운 꿈의 마지막을. 내려서라, 들판으로, 저 바람 받는 지평으로.

어떤 개인 날

미명(未明)에

아무래도 나는 무엇엔가 얽매여 살 것 같으다
친구여, 찬물 속으로 부르는 기다림에 끌리며
어둠 속에 말없이 눈을 뜨며.
밤새 눈 속에 부는 바람
언 창가에 서서히 새이는 밤
훤한 미명, 외면한 얼굴
내 언제나 날 버려두는 자를 사랑하지 않았는가.
어둠 속에 바라지 않았는가.
그러나 이처럼 이끌림은 무엇인가.
새이는 미명
얼은 창가에 외면한 얼굴 안에
외로움, 이는 하나의 물음,
침몰 속에 우는 배의 침몰
아무래도 나는 무엇엔가 얽매여 살 것 같으다.

저녁 무렵

누가 나의 집을 가까이한다면
아무것도 찾을 수 없으리

닫은 문에 눈 그친 저녁 햇빛과
문밖에 긴 나무 하나 서 있을 뿐.
그리하여 내 가만히 문을 열면은
멀리 가는 친구의 등을 보게 되리.
그러면 내 손을 흔들며 목질(木質)의 웃음을 웃고
나무 켜는 소리 나무 켜는 소리를 가슴에 받게 되리.
나무들이 날리는 눈을 쓰며 걸어가는 친구여
나는 요새 눕기보단 쓰러지는 법을 배웠다.

박명(薄明)의 풍경

눈 멎은 길 위에 떨어지는 저녁 해, 문 닫은 집들 사이에 내 나타
난다. 아무것도 움직이지 않는다. 나는 살고 깨닫고 그리고 남몰래
웃을 것이 많이 있다. 그리곤 텅 비인 마음이 올 거냐. 텅 비어 아무
데고 이끌리지 않을 거냐. 우는 산하(山河), 울지 않는 사나이, 이
또한 무연한 고백이 아닐 거냐. 개인 저녁, 하늘을 물들이는 스산한
바람 소리, 뻘밭을 기어다니는 바다의 소리, 내 홀로 서서 그 소리
를 듣는다. 내 진실로 생을 사랑했던가, 아닐 건가.

시   월

1

내 사랑하리 시월의 강물을
석양이 짙어가는 푸른 모래톱
지난날 가졌던 슬픈 여정들을, 아득한 기대를
이제는 홀로 남아 따뜻이 기다리리.

2

지난 이야기를 해서 무엇 하리.
두견이 우는 숲 새를 건너서
낮은 돌담에 흐르는 달빛 속에
울리던 목금(木琴) 소리 목금 소리 목금 소리.

3

며칠 내 바람이 싸늘히 불고
오늘은 안개 속에 찬비가 뿌렸다.
가을비 소리에 온 마음 끌림은
잊고 싶은 약속을 못다 한 탓이리.

4

아늬?
석등(石燈) 곁에
밤 물소리

누이야 무엇 하나
달이 지는데
밀물 지는 고물에서
눈을 감듯이

바람은 사면에서 빈 가지를
하나 남은 사랑처럼 흔들고 있다.

아늬?
석등 곁에
밤 물소리.

5

낡은 단청 밖으론 바람이 이는 가을날, 잔잔히 다가오는 저녁 어스름. 며칠 내 며칠 내 낙엽이 내리고 혹 싸늘히 비가 뿌려와서……
절 뒷울 안에 서서 마을을 내려다보면 낙엽 지는 느릅나무며 우물
이며 초가집이며 그리고 방금 켜지기 시작한 등불들이 어스름 속에
서 알 수 없는 어느 하나에로 합쳐짐을 나는 본다.

6

창밖에 가득히 낙엽이 내리는 저녁
나는 끊임없이 불빛이 그리웠다.
바람은 조금도 불지를 않고 등불들은 다만 그 숱한 향수와 같은
것에 싸여가고 주위는 자꾸 어두워갔다.
이제 나도 한 잎의 낙엽으로 좀더 낮은 곳으로, 내리고 싶다.

즐거운 편지

1

내 그대를 생각함은 항상 그대가 앉아 있는 배경에서 해가 지고 바람이 부는 일처럼 사소한 일일 것이나 언젠가 그대가 한없이 괴로움 속을 헤매일 때에 오랫동안 전해오던 그 사소함으로 그대를 불러보리라.

2

진실로 진실로 내가 그대를 사랑하는 까닭은 내 나의 사랑을 한없이 잇닿은 그 기다림으로 바꾸어버린 데 있었다. 밤이 들면서 골짜기엔 눈이 퍼붓기 시작했다. 내 사랑도 어디쯤에선 반드시 그칠 것을 믿는다. 다만 그때 내 기다림의 자세를 생각하는 것뿐이다. 그 동안에 눈이 그치고 꽃이 피어나고 낙엽이 떨어지고 또 눈이 퍼붓고 할 것을 믿는다.

봄날에

이제 너와 헤어지는 건
강물이 풀림과 같지 않으랴
어두운 한겨울의 눈이 그치고
봄날에 이월달에 물이 솟을 제
너와 나 사이의 언짢음도 즐거움도
이제 새로 반짝이리 봄 강물같이.

동백나무

그 여자는 또 손을 반쯤 들고 서 있구나
햇빛이 잔잔한 속에
밀려 있는 하나의 파도와 같이.

햇빛은 얼마나 잔잔한 것일까
얼마나 고요한 것일까
그리고 어떻게 우리를 느끼게 하는 것일까
그 여자의 마음속을 적시는 맑은 물결의 흐름을.

햇빛처럼 내리는 지난날의 이야기에
가느단 폭포처럼 쏟아지는 알 수 없는 속삭임에
그 여자는 지금 손을 적시는가.
바람은 머얼리서 또 가까이서 기웃거리며
지워주고 있는가
그 여자의 마음속에 나타나는 모든 생각들을.
해서 우리는 아무것도 생각할 수 없는 것일까.
허나 우리는 안다, 그 여자가 손을 반쯤 들고 서 있는 것을
그리고 맵시 있게 모든 하고픈 말을 않고 있는 것을.

유성(流星)

뜰 곁에 말없이 서서 사소한 많은 일을 생각하다가
저기 몸 비비며 내려오는 유성.

어디선가 밤새가 울며
기쁨 속에서나 슬픔 속에서나
항상 내 하나의 외로운 것에로
이끄는 것.

그러나 어느 날
그도 나에게 하나의 사소한 일로 될 때에
비로소 그의 참모습을 발견할 수 있을 것이다.
비로소
무심히 사랑해온 것을 발견할 수 있을 것이다.

조그만 방황

1

숨차고 큰 제사(祭祀) 앞에 홀로 가듯이
잔잔히 우는 나뭇가지 앞에 걸어갈 때에
쏟아지는 해처럼 낙엽은 떨어지고
산들이 굽어보는 계곡에 합치던 강물 강물.

2

두 강물이 합쳐지는 곳으로
두 강물이 한 침상을 쓰는 곳으로
숲길을 질러 올 때에
낮은 소리로 소리치던 나무들.
강물 위에는 새들이 천천히 날고
강가에선 갈대들이 밝은 머리를 흔들고 있다.
숲길이 갑자기 환해진다.

갈매기

나래 소리 이는 곳에 노랫소리처럼 들려오던 것

그것은 수심(水深)에서 수심에서 날아오르는 아름다운 거리.

나도 슬프지도 기쁘지도 않은 울음을 울고 싶었다
흐르는 구름처럼 그런 울음을……

그것은 수심에서 수심에서 날아오르는 아름다운 거리.

엽 서

1

　며칠 내 시작한 눈 그치지 않은 어느 저녁 네가 거리로 나오면 침묵이 있고 눈을 인 어깨가 있는 한 사내를 만나게 될 것을. 그 사내 등뒤에 내리는 설경(雪景)을 만나게 될 것을. 그 설경 속에 모든 것은 지금 말이 없다. 너는 알리라, 떠날 때보다는 내 얼마나 즐겁게 돌아왔는가. 외로운 것보다는 내 얼마나 힘차게 힘차게 돌아왔는가.

2

꿈을 꾸듯 꿈을 꾸듯 눈이 내린다.
바흐의 미뉴엣
얼굴 환한 이웃집 부인이 오르간 치는 소리.

그리하여 돌아갈 때는 되었다.
모퉁이에 서서 가만히 쌓인 눈을 털고
귀기울이면 귀기울이면
모든 것이 눈을 감고 눈을 받는 소리.

말하자면 하나의 사랑은 그렇게 받는 것이 아닐 건가.

그리하여 받는 사람의 얼굴이 모르는 새 빛나
이윽고 눈을 맞은 얼굴을 쳐들 때
오고픈 곳에 오게 된 것을 깨닫는 것이 아닐 건가.

이제 돌아갈 때는 되었다.
눈이 내리는 날, 이웃집 부인이 오르간 치는 소리.
고개 숙인 얼굴에 빛이 올라오는 소리.
바흐의 미뉴엣.

소곡(小曲) 1

　당신 모습이 처음으로 내 마음속에 자위떴을 때 나는 불 속에 서 있는 것 같았습니다. 바위 위에 하나의 금이 기어가다 기어가다 서듯 그렇게 서 있는 것 같았습니다. 하나의 불길 속에.

　조용함이었습니다. 타는 불 너무 환해 귀 속과 귀 밖이 구별 안 되는, 그러나 귀 열고 기다리는, 뜰에 선 나뭇가지의 잎 하나하나가 귀처럼 뾰족 섰다가 재로 사그라지는 외로움…… 당신 모습이 처음으로 내 마음속에 자위떴을 때.

소곡 2

언젠가 흘러가는 강물을 들여다보다가 문득 그 속에 또 흘러가는 구름을 보았습니다.

강물을 들여다보는 나를 들여다보는 당신. 나를 흘러가게 하며 또 무엇인가 내 속에 흘러가게 하는, 흐르는 구름 속에 햇빛이 축포처럼 터지고, 허나 소리들이 모두 눈감고 숨죽이는 그런 마음을 다시 내 속에 띄우는 당신.

소곡 3

내 마음 안에서나 밖에서나
당신이 날것으로 살아 있었기 때문에
나는 끝이 있는 것이 되고 싶었습니다.

선창에 배가 와 닿듯이
당신에 가 닿고
언제나 떠날 때가 오면
넌지시 밀려나고 싶었습니다.

아니면 나는 아무것도 바라고 있지 않았던 것을.
창밖에 문득 후득이다 숨죽이는 밤비처럼
세상을 소리만으로 적시며
남몰래 지나가고 있었을 뿐인 것을.

소곡 4

　그것은 첫눈 내린 저녁, 당신과 함께, 혹은 당신의 없음과 더불어, 들판에 나갔다가 놀랐습니다. 새들이 높이 날아도 작아지지 않고 아무리 걸어도 마을이 가까워지지 않았습니다.

　몸부림과 몸 사이의 거리.

　언제까지나 나는 걸어야 하는가. 새들의 날개 뒤의 어두운 황혼, 그 황혼 속의 알맞은 돌아옴, 그때까지 내 당신을 잊지 않음, 혹은 막막한 잊어버림, 그 깊이를…… 나는 들여다본다, 들여다본다, 깊이 없는 황당한 깊이를. 나는 들여다본다 꿈 없이 걸으며, 원근법에서 막 해방된 세계를, 그 놀라움을.

소곡 5

　당신이 나에게 안도와 불안을 함께 주신 것은 나에게 기도가 있
는 의미입니다. 그러나 혹 눈발이 드문드문 내리는 날 허전히 걸어
갈 때에 그 의미는 마음속에서 절박한 기쁨으로 바뀌어오는 것이었
습니다. 눈 내리는 속에서 바알갛게 불 밝힌 창을 바라보는 것, 새
벽녘 캄캄히 꿈이 끝날 적쯤 해서 인마(人馬)의 소리가 들려오는
것. 허나 다음에는 항상 떨리는 마음뿐이었습니다. 그 떨림 지속되
면, 이제는 고회(告悔)까지 가벼워지는, 그 가벼움 속에서 당신에게
다가가는 그런 길, 다가가는 내가 아무리 해도 보이지 않는.

소곡 6

당신과 나 사이에 있는 것은 낯선 곳으로 이끄는 한 칠 벗겨진 이정표와도 같은 것을. 강화나 강릉에서 같은 거리 같은 모습으로 서 있는. 그것은 새 하나 날지 않는 어느 겨울날 오후.

지금 옷 벗은 나무들 뒤로 걸어가며 보는 하늘, 빈 나뭇가지들이 박힌 겨울 하늘. 어쩌면 지금까지 내 사랑해온 것은 당신보다는 차라리 이 겨울 하늘의 침묵, 앞서 걸어도 뒤서 걷는 일이 되는, 지금 들어도 후에 없었던 말이 되는 이 막막함. 이것이 아닌가 생각됩니다.

소곡 7

　나의 마지막이 당신의 마지막처럼 될는지도 모른다는 것은 얼마나 내 마음을 다스롭혀온 일이었던가.

　당신에게 잠시 들어 있던 그 체온.

　나의 마지막이 숲속에서 잃어버린 길처럼 되든지, 어둠 속에 몸부림을 죽인 바다와 같이 되든지…… 그것은 모두 당신 몸 속에서 한번 살다 나온 입김과도 같은 것이고, 그때 나도 꿈꾸듯이 살아 있던 것의 기쁘고 슬픈 온도를 당신에게 바칠 수 있을 것입니다.

소곡 8

나의 이 기다림이 즐거운 약속과 같은 것으로 바뀌어질 때, 몇 번인가 연거푸 보는 연극의 마지막 막과 같은 것으로, 그것이 끝날 무렵 해서는 언제나 개선가 같은 것이 들려오곤 하였지마는, 또 강 언덕에 며칠 밤새 퍼붓는 눈보라와 같은 것으로 바뀌어질 때, 나는 지나가리, 숲속에 겨울이 지나가듯이. 봄이 와 여기저기 황홀한 첫 꽃들을 여는 것을 남모르게 보다 슬그머니 지나가버리리.

어떤 여행

항구에서

그대 뒤에 뜬 저 저녁달을 보라
항구의 어스름에 박힌
진회색 비로드 속에 저 흰 마노(瑪瑙).
가을바람 속에 그대 허리는 당겨진 활처럼 굽어지고
어물전 포장마차 앞 진창길
그 뒤에 떠 있는 저 저녁달을 보라.
아무리 해도 떠나지 않는 저 수평선.

오늘 바다는 잔잔하군,
어제는 종일내 비가 내렸지.
조용히 더듬는 빗줄기 속에
우리는 헤맸지 헤맸지, 그 위에 달이 떴군,
항구여, 네 안에
나는 어떤 출발이라도 입맞춘다.

저녁달의 조용함
비로드 속 마노의 미소
밤배의 고동이 운다.
달빛에 사로잡힌 선창에

그대는 돌아온다, 돌아온다, 떠남도 없이.
밤이 들면서 희미해지며 더욱 분명해지는
저 수평선, 혹은 그대의 혼(魂).

한 출발

텅 빈 돌산을 방황할 때 만나게 되는
이끼 낀 돌 속의 마애불을 기억하겠느냐.
그의 부서지는 얼굴을 기억하겠느냐.
흩어지려는 돌조각을 끝없이 붙잡은
그 사라지려는 절망, 그 텅빔을
기억하겠느냐.

그 어디라도 좋다.
눈부신 국화 무더기로 핀 무허가 하숙집의 저녁이라도
고깃배 들어오다 마는 부두의 미명(未明)이라도,
항구의 표정을 조심히 읽고
얼굴에 지도 그리고 돌아서더라도.
뱃고동이 울며 어스름 속에
그대와 만남 없는 뱃불이 오가더라도
바다, 바다,

마음속에 지나가는 지구의 그림자.

의심하리라, 의심하리라,
어떠한 기항지도 어떠한 고요도
고요 안의 어떠한 눈물도
그리고 그 눈물 밖의 어떠한 도착도.
보려무나, 마음속 한끝에서 다른 끝으로
수평선이 그어 있다.
같은 수평선이 그대 마음과
내 마음에.
나는 붙잡는다, 사귀들려 대처에 나온 그림자의 손으로
한 여행을.

점점 가벼워지는 저 저녁 하늘.

피에타

1

무겁게 높은 이마, 먼지 낀 노을, 진실로 나에겐 간단한 세월이 지나갔다. 그 세월의 시초부터 나는 안다. 사행천(蛇行川)의 바람낀 새벽부터 사막의 저녁까지. 그러면 노을 속에 바람이 지나가고 금빛 어둠이 지나가고 어둠 뒤에 앉아 있는 내가 보인다. 그 세월은 나의 이마를 높게 해준다. 내 사랑했으므로, 맨발로 치는 종소리, 사막 위의 하루 저잣거리, 예수여, 내 너를 사랑했으므로, 불놀이 때 불꽃을 안고 뜨는 대기처럼 내 사랑했으므로, 네 앞에 내 머리는 이처럼 높다.

2

모래 위에 그림자, 너의 이마 위의 그림자, 너를 이처럼 어지럽게 안은 사막 위의 거리, 때로 이는 바람, 너는 무엇을 준비했는가. 피해 없는 일생, 피해 없는 일생, 여자와 앵무들, 예수여, 너의 후예들이 사랑할 것은 다 있다. 청춘에서 먼 죽음, 눈물 없는 고독, 최후의 참회를 미리 외우는 사내들…… 보라, 우리의 지평엔 무엇이 있는가 무엇이 지나가는가. 사막 위의 거리, 모래 위의 그림자, 나는 캄캄히 앉아 있다.

물의 밝음

샘이 솟는 소리를 듣는다.
들릴락 들릴락
내 어깨 위에는 가벼이
햇빛이 닿아 있다.
그 언제보다도 개인 하늘
바람도 없이 나뭇잎의 움직임 하나 없이.

바위 위로 까만색 윤나는 벌레가 기어오르고
거미줄이 햇빛에 환한 오후.

귀기울이면 소리들이 소리 죽이고 있다.
눈앞에 샘물이 오르고
아 마음이 소리를 내는구나.
아 마음이 노래하고 있었구나.
스스로 웃으며 돌아서
저 밑 마을을, 거리를, 세상을, 지구를
처음인 듯 몸 기울여 내려다본다.

새벽빛

1

집 앞에 반쯤 눈 덮인 들판
반쯤 눈뜬 하늘
혼자 사는 일은
끊임없는 갈증, 방향 없는 돌아옴.
창이 어두워올 때
내 앞의 촛불보다 먼저 잠들었을 때
창 가까이 별이 돌아가고
나의 손 펼친 잠이여
병자(病者)의 광학(光學)
나의 잠속에는
잘 아는 길을 헤매다니는
먼 우레 소리 들린다.
무엇엔가 가까이하는 자는
자기 눈물의 맛을 보는가.
닫힌 창에 뻗쳐진 손을
찾게 되는가.
병자의 광학, 나의 어두운 눈에 외로운 두 손에
반쯤 눈 덮인 들판
반쯤 눈뜬 하늘.

2

들 한가운데는
얼어붙은 연못이 있어
내 갔었네, 해질 무렵이면
내 몸 속 잔뼈에
희미한 불들을 감추고.
새 하나 날지 않는 공간
빈 나무 하나 비쳐 있을 뿐
아픔에 살이 익어 더 어두워지지 않는 우리들이여
나의 방황은 거기에 있네
새 하나 날지 않는 공간에
저녁 무렵에.

3

갑자기 놀라 잠이 깰 때면
복잡한 소리를 내며 도는 지구의 소리.
때로 꿈속에도 들었다
세상의 무딘 고동 소리
저음으로 답하는 사람들의 소리.

또 돌산을 오르는 나.
진실로 같은 틀로 나고 끝남을 알게 된다면,
다시 나고 싶지 않으리라
이끼풀까지도,
다시 살고 싶지 않으리라
몸 속을 훤히 밝히는
저 새벽빛을
이 돌산의 고요를
돌산과의 소리없는 이 상봉을.
광대같이 홀로 흐느끼는 나의 얼굴
나의 죽음이여, 내가 자리를 때로 벗어나
어느덧 낯선 사내같이 웃을지라도
미소 담긴 얼굴로 답하여다오.
그 미소 속에 더 탈 수 없는 것도 타고
이미 익은 살도 다시 어두워지리.
아프리, 저 새벽빛.

비가(悲歌)
(1965)

비가(悲歌) 서시

꽃나무여 꽃나무여
적은 열매의 약속으로
수많은 꽃을 밖으로 내어민
어둡고 어두운 우수(憂愁)여
그 어둠 속에
벌떼 울 듯
수만의 봄이 오래
집중된다.

비가 제1가

빈 들의 봄이로다.
밤에 혼자 자며 꿈결처럼 들은
그림자 섞인 물소리로다.
저녁 들판에
돌을 주위에 쌓아놓고 든 자여
돌성(城)은 너의 하숙이로다.
젊은 자들은 반쯤 웃는 낯을 짓고
나이 든 자들은 작은 이름만을 탐내니
그들의 계집이
캄캄히 들에 나가
병거(兵車) 앞에 엎디는 자식을 낳도다.

너는 아직도 알지 못하겠느냐
너의 사랑은 많은 물소리 같고
너의 혼령은 들판 구석구석에 스민 황혼이로다.
너는 아직도 알지 못하겠느냐
지금 네 사랑은
이미 인간이 아니로다.
우리들 서로의 눈에 어리는
우리들 인간이 아니로다.
너의 사랑은 빚진 자의 집이요

빈 들의 물소리로다.
생시를 버린 꿈이 있다면
그것은 너의 눈물이로다.

땅이여, 내 누워
잠이 깨곤깨곤 할 때
꿈 가까이
봄은 어둡고
가만히 다닌 봄
그 봄이 다시 오리니
캄캄히 꽃피우는
나무들을 찾아들어
눈을 감고
같은 자리에 나서 죽는 그 자태를
배울까 못 배울까.

비가 제2가

들판에는 한 줄기 연기가 오르고
연기가 오르고
붉은 황톳길
흰 돌산에 오르고
머리 위에 어둡게
해가 오르고
바람 한 점 없는 들판
벌거벗은 땅 위에
그림자처럼 오래 참으며
무릎 꿇고 앉아 있었노라.
지열(地熱)이여 지열이여
어두운 더듬음이여
등가죽에는 찬 이슬 돋아나고
열린 이빨을 허공에 맡길 때
빈 머리 문득 수그러진다.

수그러진다 수그러진다
악몽이 나다니는 머리
머릿속 빈 들판에 불을 피우고
여러 번 막막히 엎드렸던 오후

검은 연기 땅 위에 눕듯이……

빈 머리여 빈 머리여
외로운 자의 뜰이여
혼자 돌아올 때면 늘 만나는
나를 차지한 공간
내 몸만큼의 낯익은 공간
그 공간 전면(前面)에 박혀 있는
반쯤 감은 눈을 사랑한다면, 사랑한다면,
그 눈 올려놓을 돌산 고요하고
돌산 앞 황톳길에 가만히 숨어
오래 참으며 허옇게
눈 없는 웃음을 웃으리오
발붙일 데 없는 사랑이로다.

이제 너의 기다림을 어디 가 찾으리오.
하늘도 땅도 소리없이
목말라 울 때
뉘 있어
네 가볍지 않은 기다림을 받아주리오.
들판에는 한 줄기 연기가 오르고

붉은 황톳길 흰 돌산에 오르고
바람 한 점 없는 들판
벌거벗은 땅 위에
그림자처럼 오래 참으며
무릎 꿇고 앉아 있었노라.

목마름 속에 캄캄히
아아 손가락 발가락과 발목
그 마디들을 하나하나 놓아버리고
빌려 쓰던 말도 한마디씩 돌려보내고
빈 공간만큼 아무데고 누워
물 없는 웅덩이처럼 있고 싶을 뿐
아아 아무것도 스며 있지 않은 삶, 혹은 죽음.

비가 제3가

황량한 둔주(遁走)로다, 늦가을 들판
멀리서 트는 미명
앙상한 나뭇가지 바람에 불리고
캄캄한 하늘에선 구름을 좇는 구름의 떼
더듬는 마음의 한없음
빈 들에 매인 자여
새벽 하늘에
미명
진실로 우리가 외로울 때
앙상한 외로움이 절로 울려
우리의 텅빔을 알리리로다.

너는 아직 알지 못하겠느냐
진실로 너의 이웃들이 타려 하는 줄은
땅 위에 놓인 줄이요
그 줄에서는 좀체로 떨어지지 않느니라.
마음을 들여다볼 때마다
아득히 걸린 높은 줄
끌어내려 어깨에 메고 들로 나가노니
캄캄한 하늘에선 구름을 좇는 구름의 떼
너는 아직 알지 못하겠느냐

너의 기다림은 내파(內破)당한 자의 빛이요
그 빛 속의 어지러운 순례로다.
빈 들에 줄을 메고 선 자여
자신을 돌보지 않는 자에 여유 있도다.

인자(人子)여 인자여
마음속의 미명
빈 읍내의 물소리
기다리는 자의 갈증
다 자란 자가 다시 보는 하늘.
인자여 인자여
내 여유 있으니
광대의 옷을 맞게 입고
재갈 물린 나귀를 타고
바람 부는 읍내를 방황하리오.
하늘에선 구름을 좇는 구름의 떼
빈 들에서 남몰래 웃는 자 예 있노라
인자여 인자여.

비가 제4가

때로 나는 아무것도 생각하지 않는다,
때로 나는 존재하지 않는다.
(Une variation sur "Cogito, ergo sum.")
—마종기에게

바람이 분다
한겨울날
그늘진 절 뒤뜰에 빛나는 얼음
눈 맞은 느릅나무 위에 흔들리는 햇빛
골짜기 위에
며칠 내 펄럭이는 하늘
그 속에 문득
이상히 아름다운
구름조각 흐른다.
오늘도 해가 기울어가고
혼자 사는 자의
장식 없는 불빛이 빛날 시간이다.

보행하는 자의 평화로다.

진실로 둥근 집에서 살까
모난 집에서 살까
근심하지 말라.

어디에 머리를 둘까
어느 편 손을 들까
언약지 말라.
심란히 거리를 지나며
목에다 몰래 고라 차고 다니는
사내들을 보았느니라, 최후에 덜 아프기 위한 놀이?
전신의 머리칼이 날았더라
바람이 불었던가.
머리칼은 소중하니
내 한밤에 조금씩 촛불에 태우며
짧고 소란한 잠을 자리로다.

불길한 착수로다
때 이미 늦었노니
이제 마음 바쳐 그리워함 없고
며칠 내 겁없이 바람이 불고
나무에 얹힌 눈이여
흔들리는 햇빛이여
문득 흐르는 이상한 구름조각
그 구름 생시의 세세한 몸짓
보인다 보인다 참 자상히 보인다.

76

혼자 살다 고요히
바람의 눈시울과 뺨을 맞비비노니
이제 겁없이 부는 바람 소리를
사랑할까 못 사랑할까.

비가 제5가

이즈음 와서는
나의 빈 머리 한구석에
이상한 빛이 머뭇대곤 한다.

빈 곳엔 이상한 것들이 날려와 쌓인다
신문지, 실 풀어진 책장들,
쓰레기 태우는 불.

바람에 나직이 방이 기울고
벽에 걸린 창도
창에는 무서리친 저녁
서리 위에 남은 햇빛도
혼자 떠서 얼 때
가만히 벽 위에 올린 손을 거두어
문을 미는 어느 저녁
골목길엔 문들이 닫히며
놀처럼 텅 빈 마음을 쓸어가는
몇 마디 말.
아직 빛이 남은 하늘엔
몇 마리 안쓰러이 날으는 새.

새여 새여, 위태로움이여
머리 위에 안타까이 남은
시간 있도다.

거친 들에 씨 뿌린 자는
들을 잊기 어렵나니
어찌 견딜 수 있는 곳을 가려 아직
너의 집이라 하랴.
삶을 얼마나 금(禁)하면 언약이 없다 없다 하랴.
남몰래 미친 자의 얼굴을 쓰고
가죽 얇은 장고를 치며
겨울 제사(祭祀) 맞는 동네를 벗어나
바위 위에 바위 있는 골짜기 찾아가
놀다 쓰러졌다 멀쩡하게 돌아와
제상에 오를 것인가,
"굴비처럼 비늘 달리고 메마른 자 예 있노라."

얼음 위에 고단히 몸 기울일 때
머릿속 캄캄한 곳에 머뭇대는
이상한 빛.

비가 제6가

내 오래 설맹(雪盲)에 갇혀
들에 나가 떨며
어린 나무들을 사랑할 때는
하늘 가득 숨막히듯 눈이 멎고
한겨울 하늘을 잿빛으로 물들이는
스산한 바람 소리
한없는 마음 주었노니
얼은 나무들의 높이
그 높이에서 지는 해
온 들의 어둠
향방(向方) 없는 더듬음 더듬음 있었노니.

빛이여
빈 뜨락에
닫힌 문은 그림자처럼 비걱거리고
성긴 풀잎을 흔드는 물소리
평상(平床) 위에
끝없이 와 안기는 잠.
빈 뜰이 울타리 안에서
방황하는 기척이로다.

이제 너의 기다림은
외로운 날의 뜨락
그 속에 누운 자의
무심한 얼굴이로다.
빛이 있다면,
무심한 얼굴에
감은 눈에
닫힌 문은 그림자처럼 비걱거리고
봄이 찾아와 온 뜰의 물을
뜻없이 오가게 할 때
그 위에 갑자기 붉고 희고 가벼운
꽃잎들을 날릴 때
평상 위에 조심히 눈을 떠
날으는 꽃이파리 곁에
가만히 손을 내밀 때
그 손 문득 떨리기 시작할 때
손을 와 잡는
고요한 빛이 있다면,
살아 있다는 표시로
그 손 오래 떨게 놓아두리오.

빈 뜰의 봄

어느 조용한 저녁
평상 위에
신들렸다 홀로 남듯이
깨어나고 깨어나고 하리로다.

비가 제7가

아아 이루소서, 다시는 내가 나로 환원되지 않도록!
——미켈란젤로 시집, 135

머리 가까이 어둠 속에
숨죽인 바다
눈감은 물결 소리
감은 눈에
어두운 하늘가에
말없이 떠도는
구름.

돌베개여 돌베개여
돌베개에 쏟은 잠이여
네 가볍게 흔들리는 머리에
내 머리칼을 묻고
조심히 가는 나날의
포장을 들쳐본다.

실로 배반한 자를 찾음이
부질없도다.
남을 등지기에 앞서
자기 하늘에 장막을 씌웠노니
포장 속에 우는

어두운 바람 소리
희미한 황혼
내 텅 비인 마음으로
옷을 갈아입고
보이지 않는 산을 여러 번 오르내렸노라.
빈 산
그 위의 하늘
큰 황혼 진 읍내에
오르는 연기
실로 오랜 기다림
그 긴 기다림 밀려
막막히 사라지는
연기와 같은 몸짓으로 될 때까지
나는 보았노라
초저녁 읍내에 부는
스산한 바람 소리를,
바람 속에 올리고 또 내리는 불빛을.
이제 시야 속의 어지러움을
조심히 꺼리노라.

돌베개여 돌베개여

내 머릿속에는 벌써
식물의 우수(憂愁)가 자라고
그 뿌리는 벋어내려 헛되이
표본상자 속의 모래를 부술 뿐이다.
너의 기다림은
돌베개 위의 가벼운 잠이요
새벽 하늘에
무심히 무심히 흐르는
한 줄기 가벼운 구름이로다.
동녘 하늘가에
짧은 황도광(黃道光) 뜰 때
내 사는 나날의
바람 낀
모든 장막이 들릴 때
바람 뒤에 비치는
비인 물결 소리
바다 바다
내 텅 비인 마음으로 기슭에 나가
새벽의 바다를
조심히 보지 못하노라.

죽은 친구 집 문 앞에
말없는 들
마음을 끄노니
남몰래 가 넉넉히
거닐고 거닐고 할 따름이로다.

비가 제8가

거친 들에 바람 깊은 저녁
길을 나섰노니
길 잃음이 어찌 늦으리오.
나무와 풀은 사방에서 우짖고
머리 위에선
오래 번쩍이던 구름
도처에 어두워진다.

어두워진다 어두워진다
달이 높이 오른다.
내 이미 갑판에서
멀리 살기로 했건만,
자세치 않게 살기로 했건만, 물결처럼 살기로 했건만
사면에 일고 지는 바람 소리
길도 해도 어둠 속에 지워지고
현창(舷窓)에 잠시
손 비칠 빛 남아 있다.

손에 비친 빛을 바라보라.
이제 누가 소박한 자를 그리워하랴
소박한 자의 진실,

그의 길고 우울하다 그치는 행로를……
길고 큰 기다림이 있어도
기다림이 있어도
큰 바다에 해가 져갈 때의
고요한 진동, 박명, 그 빛뿐이로다.
어둠 속에 머리는 흔들리고
머리와 함께 가슴과 허리가 흔들리고
죄송스러움 캄캄히
머리칼에 나부낀다.
바람이 머리를 건드림이
심히 불길하노니
온몸 흔들리되
어지러움만은 잊어버리노라.

아아 하나의 바다가, 저 큰 원(圓)이
엎질러지듯 방황하여
한 인간의 방황을 안을 때가 올 것인가.
이젠 죽음마저 집이 되지 않을 때
죽음 속에서
높은 망루가 자라
발밑에 출렁이는 물결

그 박명의 골과 골 사이에
이 캄캄한 흔들림을
받아줄 수 있을 것인가.
방황하는 머릿속에는
적혔으되 구원처럼 속된 십이궁도(十二宮圖)와
현창 속에 사라진 빛뿐.
하늘이 어둡고 바람 사나우니
두 손을 올리고
먼 별 내던지고 새로 받아 하늘 속에 끼울 뿐, 끼워지지 않을 뿐.

달은 크게 지평선으로 떨어진다.

비가 제9가

그림자 하나 없이
해골처럼 환히 비쳐 있는
목책을 지나
빈 가지 끝에 바람 멎은 짧은 숲을 지나
그 이해된 가을 이해된 시간을 지나
흰 달 무심히 떠 있는 어느 저녁 하늘
그 앞에 설 때
상(像)이 모두 달아난 꿈
유리 속에 유리 세공을 부수는
빈 꿈풀이 속에
문득 새가 날아 사라지고
다시 가라앉는 하늘의 윤곽……
잘 다스려진 고통이 있었을 뿐이다.

갑자기 괘종시계가 칠 때
늦가을날 빛 죽은 마루
앞마당귀에
천천히 사라지는 조용한 물
잎이 지는 저편에 남는 나무
나는 본다, 숨죽인 정적을,
정적 뒤에 남는 시간을,

그 속에 한 사내가 홀로 숨쉬며 행하는
한없이 단순한 활인법(活人法)을,
법 뒤의 어두운 황혼을.

허나 충격은 서서히 온다.
갑자기 시계 치는 소리에 조심히
귀기울이게 될 때
몇 점 쳤는지 전혀 생각나지 않을 때
과거의 어느 하루에
문득 바람이 일어 목책과 문과 마루를 흔들고
마루에 놓아둔 머리의 틀을 흔들 때
바람 그림자 어지러이 떠다니는 머릿속에
홀연히 먼데 종이 멎으며
한낮의 마당에
등불을 켜놓고 싶을 때
거리에 나가 친구를 만나면
다시는 못 볼 듯 안쓰러이 얼굴을 살피고
몰래 집에 돌아와
시계 치는 소리에 귀를 기울일 때
철 지난 목책을 돌아 짧은 숲을 방황할 때
숲을 나서면

무심한 공간
온 들의 빈 흔들림,
머리를 들면
보인다 보인다
가장 평범한 풍경이 그 망가지는 모습의 깊이로,
날으는 새가
그 황홀하고 덧없는 사라짐으로……
어둠이 조용히 밀려와 덮인다.

비가 제10가

오다 오다 오다
창밖에 어둡고 추운 겨울처럼
오다 오다
벽에는 낡은 모자
그 옆에 판화
마음을 가라앉히는 목탄빛 빛살로
흩뿌리는 흩뿌리는 공간 속으로
혼자 만나보는
언제나 황량한 부재(不在) 속으로
한 마리의 새가 떨어진다.
떨어진다 떨어진다
긴 죽지에 짧은 부리를 하고,
낙하 뒤에는
하상(河床) 없이 흐르는 강물들
강물들 사이에서
이름없는 꽃들이 죽고 있다.
그 밑에 일찍 세상을 버린 친구여
너의 낙서가 있으니
이르되, "죄송하다."

외따른 집에는

길고 긴 새벽이 온다
창에는 깊고 깊은 성에가 끼고
성에에는
아직 밝혀지지 않은
자애(自愛)의 무늬가 새겨진다
조용히 일어나
불 꺼진 방안을, 비운 소주병의 내부를
돌아다닌다.
추억을 비운 자들을 생각한다.
연통 속에서는 어둡고 치사한 바람이 불고
바람 소리 속에
지난날의 모든 빛이 지나간다.
누가 이제 우리의 얼굴에서
삶의 틀을 볼 수 있으리오.
갑자기 얼은 창을 등지고 팔을 벌리고
문득 뜻없는 웃음을 웃을 때
뜻없이, 아아
자기 웃음에 한없이 놀랄 때
외따른 집에는
길고 긴 새벽이 온다.
불 꺼진 방안을 돌아다닌다.

추억을 비운 자들을 생각한다.
우리에게 남은 성실이 있다면
포기 않는 일밖에 그 무엇이 있을 건가.
포기, 포기, 그 난폭한 비움
어제도 그제도 그 전날도
눈 맞은 거리를 가만히 다니며
머리를 자꾸자꾸 수그려
스스로 거부한 선(善)을 행하지 않았으리오
스스로 거부한 머리의 무게를,

떨어지는 새의 무게를
무게 뒤의 겨울 해를……

땅이여,
어떤 낯익은 하루
그 하루의 한때에 뜻없이 쏠리는
하나의 무게여,
창밖에 캄캄히 지는 해
찬 잠에 잦은 꿈
알맞게 깨는 중야(中夜)
머리맡에 불타듯 조용한 물그릇

서서히 새이는 새벽
아아 죄송스러워진다, 내 모든 것이
광대의 빨랫감으로……
서서히 새이는 새벽
창에 그려진 황홀한 무늬도
무늬 뒤의 자애(自愛)의 빛도
빨래의 무늬로
빨래 벗은 빨래로……
오다 오다 오다.

비가 제11가

내 노래한다 겨울 항구를,
한겨울의 우울을.
어두운 선창에는
이리저리 몰려다니는 눈
배 떨어진 항구의
밀집한 밤을,
수평선 위에 잠시 뜨는
수성(壽星)을.
사리 무렵 달이 질 때
내 들었노라
달을 받는 큰 물의 배음(背音)을
들었노라
저 습기찬 커다란 원의 흔들림을.

가만히 생각해보라.
네 마음속에는
다 빈치가 잡은 성(聖) 안느의
조용한 어린 계집앳적 얼굴을 가진
가난한 소년이 살고
낡은 초가집을 심은 마을
몇 그루의 어린 나무가

그의 뒤에 서서
거부하는 거부하는 몸짓으로
그를 언제나 항구로 내몬 것을.
항구에는 이리저리 몰려다니는 눈
가만히 생각해보라
항구의 하루를
찢겨진 그물
삭구, 해초, 몇 마리 생선의 안착(安着)
뒤집어논 목선 몇 척
생선뼈 박힌 주막.
가만히 생각해보라
며칠 밤
가설철도와 같은 잠을,
마지막 배가 뜨고
불이 꺼진 후
머리보다는
배로 온 잠을.

나는 안다
우리는 비유할 수 없는 그 무엇이 아님을,
이름 모를 들꽃을 뽑을 때

안쓰러이 따라나오는 뿌리와 같이
좀더 간단하고 그리운 어떤 것임을.
나는 안다
모든 출발에 따라가는
뽑혀진 뿌리의 길이를,
지도 지닌 자들의 잠을,
그들의 얼굴을 지키는 어두운 등불을……
한없는 봄날에
등을 잡고 아깝게
서 있고 서 있고 할 따름이로다.

비가 제12가

광활한 토지보다는 밝아가는 골짜기를
밝아가는 골짜기 안에 서 있는
말없는 사내를
그의 등뒤에 내리는 폭포를
남아 있게 하소서.
그의 빈 표정의 틀 앞에
조그만 동을 트게 하소서.

말없이 사라진 자들
그 폭력적 없음 속에서
나는 눈을 뜬다.
나까지 들어 있는 그 없음 속에서
나는 다시 눈을 뜬다.
담뱃불이 손끝에서 아프게 타고
그 아픔에 붙일 말들 생생하다.

　　　앞에는 사랑 없는 운수 좋은 날
　　　뒤에는 행복 없는 기세 좋은 날

며칠 내 잠시 자다 깨어
다시는 잠이 오지 않을 때

창 건너 황도(黃道)에 구름 자주 끼고
홀연히 봄이 찾아올 때
뜨락에는 물의 침묵.

봄

제상(祭床) 앞에는 꽃이 어둡게 피고
제상 뒤에는 서로 다른 귀신들이
서로 혼자 왔다 만나
잘못 다른 귀신의 이름을 부르고 취해
드디어 귀자를 떼어버리고
당당한 신들처럼 피는 꽃을 바라본다.

때늦음을 오히려
사랑하게 하소서
광활한 토지보다는
말없이 서 있는 한 사내를
그의 등뒤에 무심히 내리는 폭포를
남아 있게 하소서.

폭포 뒤에는 열 개의 조그만 폭포들이 내리고
열 개의 폭포 뒤에는 황홀한 소리로
또다시 열 개씩의 폭포가 내려
하나 하나 몸을 자상히 안으로 당기고
참고 참고
불현듯 눈을 뜨고
내린다 내린다 캄캄히
하나의 운명에서 다른 운명에로 건너뛰는 법이다.

저 꽃은 귀에 다정스러운 안개꽃
저 바위는 혀로 더듬을 선녀바위
그 밑에 내리는 물의 정다움
모두 침묵 앞에 돌려놓아
새로 만지고 맛보고 귀기울이고
웃고 다시 보고
말들을 뜯어내고 다시 붙이고 문지르고 발라
새로 침묵 앞에 돌려놓는다.

여행의 유혹

난세에는 떠도는 것이 상책이다,
너는 말한다.
굴원을 보라 두보를 보라 랭보를 보라
문질러진 고향을 지니고 떠도는 자들,
그들의 눈의 물에
무수히 비치는 지평선
빵처럼 부풀어오르는 지평선도 있었어.
해들이 지지 않고 서쪽 하늘에 계속 머물러 있는
저녁도 있었어.
너는 말한다.

나는 꿈꾼다
부풀어 빵처럼 부풀어 터지는 지평선을
지평선 터진 사이로 원무를 추는
원무를 추며 지평선을 꿰매는
서로 손잡은 무희들을.

십사행(十四行)

―고 김정강을 위하여

이제 죽은 자를 경애하지 말고
죽은 자의 죽음을 생각하라.
무성한 잎은 잠자는 나무의 꿈이요
꿈속의 한 안쓰러움이로다.

내 꿈 많은 날의 지상(地上)의 윤곽을 아노니
지도(地圖) 지닌 자들의 잠든 얼굴이요
눈에 닿는 소금기
지극히 가까운 자의 목마름이로다.

친구여, 죽음과 생시 둘 다 사랑할 수는 없노니
허리 위의 잠
오늘도 거리엔 말없이 등불 켜지고
허리 위의 잠
내 그토록 잠든 사내를 사랑하므로
나는 때로 잠자는 법을 잊는다.

늦가을 아침

베어진 나무 앞에는
물 반쯤 담긴 연못이 있어
아침이면 반쯤 밝을녘에
말없이 다가가 등걸 위에
나무처럼 서 있고 서 있고 하였더니

어느 날 마음속에
가지와 잎이 돋고
또 어느 날은 꽃이 피어
오동꽃 사촌 꽃 피어 못물에 비치고
동네 새들이 찾아와
내려앉으려 돌고 돌고 하더니

막 내린 서리 핥으며 낙엽이 굴러와
발 앞에 멈춘다.
아 등걸 위에 다른 사람이 올라서 있구나.
아 이제 마음 벗어놓고……

오래 기다린 하루

오래 참고 견딘 자의 참음이 끝날 때
친구 세상에서 홀린 듯 사라지고
대낮에 불현듯 촛불 켜놓고 싶을 때
나는 듣는다
꽃 피는 소리, 꽃나무들 뜰을 헤매이는 소리를.

남몰래 방황했다.
머리 사발의 물 사라져
창 위에 황홀한 성에를 그리고
그 성에 몇 차례 지워져
짧고 소란한 잠 올 때
나는 방황했다, 떠남도 없이.

오래 기다린 자는
보리라, 오래 기다린 하루를,
헤매이는 나무 줄기에
한없이 헤매이는 작은 벌레를.
그의 등에 과녁처럼 박혀 윤나는 무늬
그 무늬 위에 잠시 떠도는 광망(光芒)을
바흐의 무반주 첼로 사라방드를
제가(祭歌)의 속속들이를
정신이 끌고 다닌 모든 수레를.

겨울날 엽서 1

혼자 사는 자를 두려워할 필요는 없네.
친구여, 빈 뜰에
이리저리 몰려다니는 눈
한낮에도 멀리 뜬 해
방안에는 조용치 않은 물
스토브의 실루엣, 아 도스토예프스키의 못 말릴 혼(魂)
스토브 위 걸대에서 마르는 속옷들
알맞게 끊긴 빈 소주병의 행렬.

꿈도 알맞게 어둡고
손바닥만 흔들어도
꺼질 듯 펄럭거리네.

겨울날 엽서 2

눈 내린 새벽
생각이 하얗.

벽에 걸려 있는 외투의
볼륨
브라크의 날지 못하는 새 그림
무거운 새들
그 밖엔 정말 아무것도 없었네.

그렇다
생(生)이 우리에게 내민 것은 무엇인가.
밤이면 몰래 우는 사내
마키아벨리의 피렌체사(史)를 조금씩 읽고
미켈란젤로의 미완성 피에타의
미완성 순례자의 미완성 손가락들을 몰래 펴보고.

생각이 하얗.

네 개의 황혼

1

길조(吉兆)여
중흥사(重興寺)도 타고
대화궁(大華宮)도 탔더라.
절벽 밑에 큰 돌을 달아놓고
밤낮 바라보아
안목을 길렀더라.
보이누나
유월에 비 내리고 비 내리고
십이월에 긴 눈 내린다.
수월히 살기가 가장 수월쿠나.
너무 수월하매
잠 못 드는 밤이 잦았더라
길조여.

2

무관계(無關係)여
오고 가는 세월
봄날의 바람 소리

늦가을밤의 짧은 종소리
선조들은
불편하여
자주 강화로 내뺐더라.
눈 덮인 초겨울의 뜰에
그림자처럼 떨며
궁궐 쥐구멍에
햇빛이 드는 것을 보더라.
나이 들어 친구를 몰래 사귀더라.
무관계여.

3

고구마로 빚은 술이
입에 달지 않더라.
몸이 마르면 옷을 줄여 입고
천연스레 여자를 만나서
긴 이야기를 들려주더라.
해탈처럼 쉬운 건 없지
매일 밤 해탈에 탈피까지 하고
아침이면 한바퀴 돌아

제자리에 와 있더라.
매일 난파(難破)하는 꿈 꾸고 깨어
누룩 뜬 술을 조금씩 마시고 자지.
아침이면 기억에도 확실히
눈부신 해가 매일 뜨더라.

4

이제는 참 사람 없는 해변을 걷기가 겁이 나데.
아직 늦지 않은 건
남포둑 계집이 모두 안다만
어쩌다 죽고 싶어지지 않을까 겁나데.
내 죽음을 아까워들 할 만큼
크게 진 빚도 없으니
주머니에 손이나 찌르고
뭉게구름 피는 아래서
뱃놈들이 싸우는 거나 구경하고
폐선에 웅크리고 앉아 담배나 한 대 피우고
어슬해서 돌아오는 해변 참 겁나데.
지옥이 있는지 없는지는 잘 모르지만
바다보다는 내가 먼저 어두워지데.

마른 여울

지난 여름의 가파른 가뭄
여울 있으되
여울지지 않음이여
깡마른 자의 기풍이로다.

백로(白露)에 비 없는 나날이여
길은 마른 시내 줄기를 오르내렸다
자갈이 드러나
길을 뭉개기도 하였다.
길 없는 길 걷는 기쁨이여.

내 시가 뭉개졌다.
시 없는 시를 쓰는 기쁨,
홈이 채 파지지 않은 시의 속을.

여울 있으되……

태평가
(1968)

기항지 1

걸어서 항구에 도착했다.
길게 부는 한지(寒地)의 바람
바다 앞의 집들을 흔들고
긴 눈 내릴 듯
낮게 낮게 비치는 불빛.
지전(紙錢)에 그려진 반듯한 그림을
주머니에 구겨넣고
반쯤 탄 담배를 그림자처럼 꺼버리고
조용한 마음으로
배 있는 데로 내려간다.
정박중의 어두운 용골들이
모두 고개를 들고
항구의 안을 들여다보고 있었다.
어두운 하늘에는 수삼개(數三個)의 눈송이
하늘의 새들이 따르고 있었다.

기항지 2

다색(多色)의 새벽 하늘
두고 갈 것은 없다, 선창에 불빛 흘리는 낯익은 배의 구도
밧줄을 푸는 늙은 배꾼의 실루엣
출렁이며 끊기는 새벽 하늘.
뱃고동이 운다.
선짓국집 밖은 새벽 취기
누가 소리 죽여 웃는다.
축대에 바닷물이 튀어오른다.
철새의 전부를 남북으로 당기는
감각의 자장(磁場) 당겨지고
바람 받는 마스트의 검은 깃발.
축대에 바닷물이 튀어오른다.
누가 소리 죽여 웃는다.
아직 젊군
다색의 새벽 하늘.

기항지 3

다른 배들이 그대의 배 둘러싸고
응시한다 생각할 때
배들은 부대낀다.
부두에 어깨 부딪기도 하고
옆 배의 허리를 건드리다
밀리기도 한다.

항구여, 항구여,
우리 감히 삶의 품이라 부르는 곳이여.

마지막엔 빈도(頻度)로 남을 것이다.
파랗게 녹스는 청동 물결의 토르소
짧고 치열한 명상(瞑想)
공중에 뛰어오른 물결이 자신 잊고 빛남.
그 속에 나와 그대를 놓아두리라.
항구여.

겨울 항구에서

황홀하더라, 눈비 내려
동백꽃 헛 핀 앞 섬도
다섯 낮 다섯 밤을 방황한
하숙집의 무적(霧笛)도.

하루종일 밀고 밀어
밤마다 조금씩 새는 헛된 꿈
장지 하나 사이하고
하숙집 아주머니의 잠꼬대
"이젠 정말 아무 뜻도 없십니더,"
그네가 조심히 어시장에 가는 새벽녘의 행복
방파제에 걸린 새벽 달빛
물 위에 오래 뛰어오르는 순색 고기들
소규모의 일출
갯벌 폐선 위에 걸터앉아 보는
수리 안 된 침묵, 사이사이의 수심가(愁心歌)
아 결사적인 행복이 없는 즐거움을,

저녁이면 혼자 마주보노니
바다 위에 떠 있는
아름답고 헛된 구름 기둥을.

남해안에서

—— 김영태에게

사직동에 숨은 너의 집에
전화벨이 울던가.
다섯 평 미만의 얼굴
때묻은 눈 남은 너의 마당에
꿈처럼 울던 철사(鐵絲)의 새들.

나의 새는 망가졌다.
방법의 차이다.
시계의 초침이 멎었다.
동백이 떨어지고 사흘
편지 한 장 띄우지 않았다.
항해를 단념한다.
윗도리 벗은 채 파랗게 얼어
아이들이 뛰노는 영하 1도의
그 1도.
값내린 멸치 도처에 언덕처럼 쌓아놓고
밥의 언덕을 퍼먹는 사내들의
힘줄 선 턱.

꿈에 보이는 군중들은 말이 없다.
꿈과 생시는

의자 위치만 바꾸어도 총성(銃聲)이 들릴 것 같은
그런 거리다.

흙 집

내 보았네, 한촌(寒村)의 환한 달밤
잦은 밤기러기떼 잦은 밤기러기떼.
마을 한끝에서 다른 한끝으로 걸어도
그 끝에서 돌아서
다시 처음으로 걸어도
하늘에는
날아가는 새들의 쐐기형(形) 몇 채뿐.

내 보았네
흙집 조금씩 허물어져 흙이 되는 것을.
저 집은 기우는 벽에 나무를 받쳤고
이 집은 방금 흙담장이 눕고 있다.
뒤뜰 감나무 하나가 찢어진 연을 달고 있다.
흙집에 말을 시켜보라.
기억의 시초부터 흙 아니면 집이고 했지.
이제 한번 다른 것이 되고 싶어.
나무, 무지개다리, 아이들의 웃음,
그도 저도 아니면
얼어붙은 물소리 같은 것.

세 개의 정적

1

열 평의 마당
나머지는 외부다.
가을날
미물(微物)이 모두 떠난 집의 고요 한편에
목숨을 사각의 대문에 달고
남은 목숨은 마루 위에 굴려놓고
잘 익은 박과 도르래 우물을 뜰 앞에 두고
오래 더 놓임을 잊고 살아간다.
마당에는 은행나무가 바람에 잡혀
조심스런 첫잎을 떨구고 있었다.

2

저녁 무렵
우물물을 길어올린다.
오래 길들인 높이에서 떨어지는 나뭇잎들
길들인 깊이에서 삐걱거리는 소리.
나를 포기한 친구를 생각해본다.
울타리 안에

문득 확대되는 조망(眺望)
두레박에 가득 차는 빛
보인다, 나의 '가시리 가시리잇고.'
황금빛 물을 다시 깊이 떨어뜨린다.

3

열 평의 마당
풍로 위에서 물이 아프게 끓는다.
찻종에 반쯤 따른다.
얼굴에 감기는 김의 뜨겁고 흰 머리카락.
짧은 온기 속에 몸을 맡기고
창밖을 내다본다.
진눈깨비 친 길이 언덕에 눕고
행인이 가고 있다 가고 있다.
낯모르는 그와 화해한다 오래 오래.
개인 하늘에 한 마리 새가 한없이 날고 있다.

한 시민

자네에겐 반골(叛骨)이 있지?
길을 걸어도
방 속에 누워도
철길 위에 놓아둔 머리가
가볍게 졸다가
단선철도 하행차
밤 불빛을 놓칠 뻔했지?

어디에 달아나도
살점은 살점이다.
군용트럭을 번갈아 타고
화천저수지 너머로
하룻낮 하룻밤을 멀리멀리 달려도
아조아조 멀리, 바람결에 눈송이가 날리다 날리다
제풀에 그만 몸 거두는 곳.

심야에 깨어 몰래 흔들어보는
가죽 부대 속에 남은 피.
어디에 달아나도
살점은 살점이다.
자네에겐 반골이 있지?

124

태평가

말을 들어보니
우리는 약소 민족이라더군.
낮에도 문 잠그고 연탄불을 쬐고
유신(有信) 안약을 넣고
에세이를 읽는다더군.

몸 한구석에 감출 수 없는 고민을 지니고
병장 이하의 계급으로 돌아다녀보라.
김해에서 화천까지
방한복 외피에 수통을 달고.
도처(到處) 철조망
개유(皆有) 검문소
그건 난해한 사랑이다.
난해한 사랑이다.
전피수갑(全皮手匣) 낀 손을 내밀면
언제부터인가
눈보다 더 차가운 눈이 내리고 있다.

밤에 내리는 비

밤 이슥히
차값에 너무도 가까운 번역을 하고
두시에 멎은 머리
밖에는 오래 비가 내리고
나무의 발목들을 얼리는
겨울비가 내리고
두시에 내리는 비.

손으로 덮은 한 잔의 차
손 주변의 무한한 빗소리
연탄 난로 위에서 잦아드는 물
'청빈하게 살며 몸짓을 하지 마라,'
몸짓을 하지 마라
두시에 멎고 무한히 내리는 비
두시에 내리고 무한히 멎은 비
두시가 넘으면 쉽게 누워지지 않는다.

누워지지 않는다, 아시아 지도 등고선 뒤로
자꾸 흐려지는 불빛
'이 세계에서 배울 것은
조심히 깨어 있는 법일 뿐,'

법뿐일까, 뿐일까,
문득 정신 차리면
살았다 죽었다 힘들여 좌정한 골편이
남몰래 떨고 있다.

심야(深夜)

—— 김현에게

그 개는 짖기 시작한다.
한시부터 짖기 시작한다.
한시, 벽 위에서 괘종시계가 잘못 두 번 쳤다.

정신도 짖었다.
머리맡에 놓아둔 물주전자도.
벽 위에서 괘종시계가 잘못 세 번 쳤다.

시계의 시간을 생각하지 않기로 한다.
창밖에선 나무들이 모두 서서 잠들어 있다.
저기 옆 나무에게 기대어 잠투정하는 놈.
화닥닥 놀라 깼다 스르르 잠드는 놈도 있겠지.
생각이 온통 환하다.

그 개는 짖었다.
주전자의 물을 마셨다.
괘종시계가 거꾸로 돌아……

선지자 예감

고독은 네 행로의 대명사가 아니다.
낙엽송 잎이 소리없이 떨어져 젖는
그 물기 있는 땅
어느 구석에도
네 나직이 걸을 저녁이 준비되어 있는 것을.

그리워 마라, 움직이지 않는 탑을.
들말의 떼보다 더 쫓기는 감탄사 백 행을.
한 마리의 늦제비가 높이 날아
눈에 보이지 않는 것이 되어
그대의 시야를 적시며 사라지는 것을.

너는 문득 깨닫는다.
역사의 얼간이들을 울린 정교한 산문으로
잘 수리된 손을 내민다.
너는 길을 떠난다 사라지는 빛처럼.
네 뒤로 눈이 퍼붓고 길이 사라진다.

제왕의 깊은 그늘

10만 평방킬로의 하늘
그 옥색 그림자 이마에 비치고
오 아프다
한지창 창살이 조명으로
등뒤에 박힐 때

용상(龍床) 위의 게으름은 지겨웁게 지나갔다지만
자유, 혹은 자유,
『춘추(春秋)』『사기(史記)』도 페리클레스의 장례 연설도
북악산의 거대한 투구 그림자 속에 잠겨
아직 해석되지 않은 채……

해석되지 말아라, 오래 오래.
들판에 나가 한없이
작은 들꽃을 뽑을 때
그 끊어지는 뿌리에서
내게 아직 조금 남은 비린내를 맡는다.

그대 옆

샤뽀 쓴 김선생을 아시는지
신용산 입구, 밤마다 버스들이 모여
무거운 잠을 자는 곳
그 무거운 잠에 부대끼는
중년 사내를 아시는지.

가본적(假本籍) 서울특별시 시청
구내 이발관 옆
연초 판매대 옆
열심히 신문을 읽는 청년 옆
그대 옆……

옆을 보지 말게.
그대의 경이(驚異)는 목마름.
세면대에 하염없이 쏟아지는 수돗물을
보고 웃다 웃다 노해서 인간처럼 잠든
김선생을 아시는지.

도주기(逃走記)

골품(骨品)의 품계가 사라진 뒤
역 없는 산천의 황혼
이름없는 밤고개 너머로
가난한 맥박이 도주하듯이
도주하다 도주하다 사라지듯이.

생 시몽, 미열, 금전을
낙엽처럼 뿌린
나무토막처럼 서서
희한한 달빛을 보다
간단히 추위마저 놓치고 사라지듯이.

도주하리라, 빛나는 원(願)이 모두 파괴된 세계 속으로
너희들의 어려움 속으로
너희들의 헛기침, 밤에 깨어 달빛을 보는
외로운 사내들, 잠과 대치되는 모든 모순 속으로……
판자에 깊이 박히는 못이 떨며 아프게 사라지듯이.

브라질 행로

신생아의 무리들,
해지는 골목을 이리저리 뛰어다니며
몸부림 던지듯 문득 몸을 날리며
비범한 웃음을 익히는 아이들.

그들의 생각이
김가 이가 박가 그리고 한가의
가구(家具) 없는 족보를 뛰어넘을 수 있겠느냐
낡은 접이칼로 무장한 이민을.

브라질 행로에는
토하는 어린이들이 갑판에 서 있다.
갑판에 서 있다.
사진을 보라
그들은 웃고 있다.
소유되지 않은 웃음은 아름답다.
아름답다.
그 아름다움은
철조망을 지닌 이웃을 떠나보낸다.
철조망에 널어놓은 흰 빨래를
땅 없는 지신(地神) 밟기를

밟힌 지신이 아직 잠자는 봄을.

몸에 가까운 원(願)을.
원왕생(願往生) 원왕생
복수(複數) 희망으로 울리는 종을.

모래와 빨래를 나르는 배를 생각한 적이 있느냐
망국(亡國)이 채 없는 슬픔을
흔들리는 용골의 아픔을
조그만 배들의 고픔을.

종일 개처럼 짖는 바다
밤새 해변을 난타하는
태평양 앞뒤의 물결
분주히 흔들리는 수많은 배들.

나는 요새 잔다
모든 기관(器管)이 거부하는 잠을.
새벽이면 상륙한다.
브라질에 갓 이민 온 사람처럼
웅크리고 합승에 상반신을 싣는다.

오십보(五十步) 시

—五十步笑百步로다

살기 싱거워
손 잘린 사내를 본 적이 있나?
싱겁고 싱거운 우리 형님
말없이 트럭을 안고 누워
겨울이 온다고 웃으랴?
아직 살아 있다고 투덜대는 엔진 소리
눈이 산천에 쌓이고 쌓일 때
붉은 피 흘리며 황홀해하던 형님
형님, 야전병원 밤중에 기러기 소리.

어찌 혼자만 웃을 수 있으랴.
문득 하늘을 보면
중야(中夜)에 달도 지고
기적처럼 도처에 내리는 눈.
다시 보면 보여 보여
앞날도 뒷날도 그 뒷날도.
손 잘리고 도주 50보를
갑자기 죄송해서 죄송해서
가만히 다시 기어온 방한복 속의 추위
어두운 적설(積雪) 속의 50보를.

마당에서

어디다 부리리요
이 헛도는 소용돌이.
잠 깬 자에 밤은 길고 차고
까칠한 수염 밖의 가을
버스 끊긴 길 위에
오르는 달, 등뒤에 그림자.
그 그림자를 따라가보라.
가보라, 뒤뜰 두레박이
공중에서 갑자기 사라지듯이.
한밤중 뜻하지 않던 곳에서 닭이 울 듯이.
방에서 오래 앓던 아낙네가
마당에 안기며 교교히 웃듯이.
잔뼈 주머니 속의
이 말없는 소용돌이
가보라, 헛도는 소용돌이
문 밖의 안으로.
하늘에는 서서히 경험되는 달
살아 있는 모든 새들의 기척
철새의 철, 신명(神明)의 신(神)을 찾아
마당에서 한번 빙그르르
가보라 이 말없는 소용돌이.

136

가을의 편지

우리는 정신없이 이어 살았다.
생활의 등과 가슴을 수돗물에 풀고
버스에 기어오르고, 종점에 가면
어느덧 열매 거둔 과목의 폭이 지워지고
미물들의 울음 소리 들린다.

잎지는 나무의 품에 다가가서
손을 들어 없는 잎을 어루만진다.
갈 것은 가는구나.
가만히 있는 것도 가는구나.
마음의 앙금도 가는구나.

면도를 하고 약속 시간에 대고
막차를 타고 밤늦게 돌아온다.
밤 세수를 하고 거울 속에서
부서진 얼굴을 만지다 웃는다.
한번은 문빗장을 열어놓고 자볼까?

들기러기

슬퍼하지만은 않았다
북한강 상류
사방에 눈 몰린 산
그 너머를 향한 야포의 행렬을.

들기러기 날아 내렸다.
잠자고 깨고 불현듯 없는 꿈
꿈의 자리에 올려진 포대경.

들기러기 흩어져 사는
다섯 달 겨울
사면에서 깃 높이 펴고
살 비비며 떠는 들기러기들
탄대 안의 무서운 조망
보고 울고 웃다 기합받았다.

포신 높이 쳐든
155밀리 포의 구애 자세를
없는 지도를
전생애로 꿈꾸고 꿈꾸었었다.
군번도 동상도 생명도 잊고
겁 없이 기다리고 기다렸었다.

밤 헤엄

홀로 선 해바라기
천 개의 눈을 뜨고
키보다 낮은 항구를
방파제 밖에 담긴 바다를
내려다본다.
초저녁에 열이 오른다.
언덕에서 내려온다.

어화(漁火)가 뜬다.
어화 뜬 밤에는
별빛이 밝아진다.
배를 끌고 바다로 나간다.
도망한다.
무료(無聊)의 웃길 가는 정직한 삶을!
머리 식히려고
배에 바닷물을 끌어들인다.

머리에 에도는 물결
숨찬 몸통의 항해
살과 뼈와 슬픔을 허물고
1초도 무한한 생명을
순간 한 몸에 집중시킨다.

비망기

첫째 갈피

제왕은 때로 신민의 그늘이다.
경들이 용상에서
대하(臺下)에 엎드린 짐을 일으켜
모란 핀 뒤뜰로 인도할 때
짐은 보지 않으련다
조간도 석간도
천리경도
다만 뜰에 호젓이 핀 꽃 사이를 말없이 거닐 뿐.

왕도(王道)는 때로 떠나는 법을 배워야 하는 것을.
흉년에 스스로 불태워 죽는
추장 부자(父子)의 없는 외마디처럼
한숨도 병도 초가집도
초가집들이 둘러싼 조그만 낟가리도 없이
떠나는 법을 배워야 하는 것을.

둘째 갈피

어느 바람의 갈피에선가

해변 한끝 빛 다한 저녁에
물가의 모래를 잠시 쓸고
흩어진 바위의 아이들을 쓸고
바다를 향해
덧없이 떠 있는 무릎을 꿇었을 때
둥근 물금에 걸려 서서히 사라지는 섬세한 섬들.
누가 생각해줄 것인가
짧은 저녁에 한없이 엎드린 이 외로움을,
우리 살고 있는 이 조그만 땅 위에
조심히 꺼진 등불들을,
서귀포에서 해주 가까운 말도(末島)까지
늦은 저녁 말도 퀀셋(quonset) 속에
조심히 타고 있는 없는 촛불을.
바깥은 달도 없이 천천히
천천히 짖는 바다
우리 원(願)의 오랜 물결
사면에 바람은 분다.

바람이 분다
추억의 배면에서 사라지는 섬세한 섬들
그리고 이 땅,

누가 생각해줄 것인가
광명도 없고
우리의 어려움을 지켜줄 우리도 없는 하루 이틀을,
우리의 무한을 등지고 선 불 없는 밤을,
없는 큰 성이 무너진
없는 폐허를,

없는 불행을, 없는 생을,
실로 아무도 생각할 때가 없을 것인가.
곡절 뒤에 뜬 소원을,
어두운 하늘에선 불빛 구름장
여기 쓰러진다 저기 쓰러진다
도처에 어둠이 온다.
조심히 무릎 꿇은 채로
쓰러져 쓰러져 아조아조 멀리 해빙기의 흙덩이마냥
동해 황해 다도해 거품처럼 떠다니다
어디엔가 넌지시 잡혀
온몸이 온통 황홀로……
바람은 분다.

외지에서 1

강렬한 조형이 내 뼈에 속삭인다.
밤에도 열려 있는 집이
주황색으로 물드는 채광창의 밤이.
삼층 방에서 동전을 먹은 가스불이 꺼진다.
안개 낀 늦가을의 만월
창 뒤에서
손등이 먼저 젖는다.

혼자 가는 자에게는
강해 보인다 세계가,
거리의 구도를 조이는 주황색 가로등이
안개 속으로 사이클을 타고
맹속으로 달리는 소년들의 뒷다리가
한없이 비어 있는 공원이
철원 앞뒤의 포대보다도
이북보다도 이남보다도
내 생명보다도
강해 보인다.

낙 법

── 김병익에게
1967년 11월, 에든버러에서

일주일 늦게 도착했네.
빈 공원에는 나무들이 길을 내려서고
미술관 천장을 씌운 채광창에
석상(石像)의 광장에
돌의 최면이 자리잡기 시작했네.

안개 속을 한없이 걸었지.
열흘 지나서야 비로소 꿈이 오더군
비로소 모욕과 안정이.
긴 저녁에 희극처럼 명확히 울다가
침대에서 떨어져 뒹굴며 깨닫는
십일월 일일의 눈보라
주어(主語)가 없는 그대와 나.

칼날처럼 벗은 우리 조국
모양이 비슷한 단추를 이층으로 달고
잃은 머리처럼 눈 속을 걸었네
걸었네 걸었네
정신의 아픔에 한없이 깊은 침묵을 주는
젖은 칼을 머리에 쓰고.

144

외지에서 2

우리나라보다 어눌한 참새들이
날으며 울었지.
콧등에 쌀알보다 작은 흰 점을 붙인
거만하지 않은
제스처가 빈약한
참새들이 창밖에 날으며 울었지.
새벽 하늘에 희한히 남은 달빛
침착히 내 생(生)의 전면(全面)에 점등하는
저 조그만 반사경들.
시간만큼 참새만큼 가벼이 날며
울까 웃을까 제스처 빈약하게.
새벽 하늘에 희한히 남은 달빛
참새들이 창밖에 날으며 울었지.

외지에서 3

룸메이트 바가디
에집트 출신 수의과 의사
그의 모형 비엔나 국립 오페라 하우스에는
밤새 눈이 내리고
눈 내리는 유월 밤에 깨어
맨 몸에 나이트가운 두르고
차양 두른 불을 켜고
커피포트 밑에 불을 붙일 때

트랜지스터 이어폰에는
B단조 미사가 끝나고
심야의 중동전쟁 뉴스
먼 전쟁이 매일 밤 바가디를 깨우고
내가 잠시 잠시 깰 때면
그는 늘 3미터 떨어진 침대에서 돌아눕는다.
이어폰에서 주전자 물이 넘친다.
잠깐 잠든 그가 깰까
커피의 향기를 반대편으로 분다.

북 해

도서관에서 바다로
바다로
혀를 연 공간의 이편
허리 구부린 채 바람을 안고
바다를 핥는 허연 바위의 소리.

오후 세시 폭풍경보의 바다
흔들리는 나무떼
두고 온 모든 책장들을 날리고
친구도 목총도 사각(死角)도 없이
서 있는 한 시간 두 시간.

우리의 침묵, 우리 모두의 성대(聲帶),
모두의 무방비 계획 속에 남아
비가 오기 전에 쓸 수 있는 우산이 있을까.
얼굴을 가리는 우산
박물관에 가지 않고 우는 배만 큰 아이들
마음속의 박물관
두 손으로 몰래몰래 가릴 수 있을까.
폭풍경보의 바다
낯선 선(線)을 소리치며 받는 물결

바람의 속도 속에 보이지 않는 해
박물관을 안고 누리는 자유가 있을까.

오후 세시
무방비 계획 속에 남아
눈을 뜨고 볼 수 있는 진정한 우리가 있을까.

폭풍경보의 바다
바람의 속도 속에 보이지 않는 해
전신의 목마름을 들치고
때릴 수 있는 장구가 있을까.

눈이 내린다
눈 속에 다가오는 바다의 모티프
포르티시모!
몸 속을 갑자기 헤치는 불빛
눈시울에 고이는 물, 얼씨구
외투 벗어놓고 반보 일보 반보
같이 쫓기며 누리는 허황되지 않은 자유가 있을까.
소리치며 낯선 선을 받는 물결
두 팔 들고 일보 반보 일보,
있을까.

외지에서 4

저 비사실적인 산들
사이에 없는 듯 들리는 오포(午砲).
다리의 선이 얽힐 듯
줄지어 걷는 여자들
수염으로 얼굴을 가리는 저 젊은이들
그리고 밤이 온다.

아랍인 의사 바가디의 침대맡에 놓인
저 단색의 장미 앞에
이번 전쟁에 죽은 그의 아우의
말처럼 웃는 사진.
불을 끄고 듣는 그의 잠꼬대.
영어와 아랍어가 함께 일어나
언어의 관절을 묶는
그의 잠꼬대
감히 말리지 못하는 새벽 두시
창밖에 잠시 비 같은 가벼운 소리 내린다.

외지에서 5

이 세계의 냉수 마신 자들
나, 그리고 나의 친구들.
성원이, 네 얼굴의 수염 자국
병익이, 네 머리의 새치의 떼
이도(利道), 『목민심서』 빼앗긴 이도(吏道)
현종이, 거듭 동냥 떠나는 너의 새벽 거지들.
곧 다시 만날 듯
저녁 깊이 하늘 속에 못 살게 남아 있는 빛.
기억을 적신 모든 방뇨처럼
그대들은 다시 내 마음의 문을 적셔놓는다.
그대들의 친구가 마음의 모든 힘으로
고의춤을 잡고
외국의 신작로를 달려본다.
하늘의 솔개가 확대되어 보인다.
저 솔개, 저 선회,
생살점 동물 하나가 길 속에 멈춰선다.

구석기실에서

밖에서는 가을비가 내리고
이따금 숨죽여 치는 우레.
사람들은 문명의 관절을 묶을 줄을 알지만
석기(石器)의 영웅들, 청동을 무찌른 철편들은
세계의 시궁창에 깔리건만
구석에 잊힌 듯 앉아 경비는 졸지만
수은등 떨리는 진열창에는
아직도 아픈 돌칼 돌창 돌화살촉이 깨어 있다.
깨어 있다.
사자와 사자 범과 범이 싸우는 역학은
영화에서 익히 보았지만,
뜰 한구석에 바싹 매여 분을 길러
주인처럼 동료를 향해 울부짖는 개도
이따금 보았지만, 보았지만,
우리의 떼싸움은 백 개의 절벽이 한 골목이다.
돌칼이 깨어 있다.
유리만 들치면 잡기 쉽게 칼자루가
우리를 향한 채, 이 마음속의 벼린 돌들.
밖에서는 가을비가 내리고
이따금 숨죽여 우레도 친다.

호구(虎口)

조국은 닫혀 있다.
황토산에 뿌리는 빗발, 몇 개의 연기
다리가 뜬 몇 개의 강
군용 송신탑
비 맞는 급수차의 행렬
우리는 오래 기다렸다.

밤에 남해안을 돌아보라.
물살에 몸을 댄
발동선에 가만히 비 뿌릴 제
증기처럼 달은 혼의 마개를 뽑고
마개를 뽑고 정신없이 술이 깨어
네 몸 둘 곳을 찾아보라.
거울 속에서 찾는 너의 친구
거울의 깊이에 겨울비 뿌린다
잔광이 없는 바다.

동대(同代)의 생에 문득 옷을 걸치고
밤에 남해안을 돌아보라.
몇 개의 불빛 몇 개의 침묵
잠시 손을 들어 한없이 듣는 단조(單調)의 의미
우리는 오래 기다렸다.

152

이순신

남해(南海)

우리의 슬픔을 보이지 않으리.
기러기 떠가는 모천(暮天)에 다가오는 봄
어제도 그제도 조그맣게 살았다, 두려운 풀이
흔들리는 수로(水路)에 다가오는 '옴.'

원균에게

어찌 알았으랴 가까운 자의 목마름
자기 뜨거움을 잠재울 수 없는 시시각각의 그림자를
탄도 없는 밤중의 바다 홀로 남는 파도의 부름
그대 목마름 내 외로움이 부딪는 소리를.

노량

남북이 다 흐리다 혼자 가는 '옴'
철환(鐵丸)에 뚫리는 물결의 바다
갑옷이 너무 맞아 낯설은 몸
불 밝힌 뱃전에 벗겨 세운다.

전봉준

1

손금 접어두고 눈 오는 남루
한천(寒天)에 법도 없고 겁도 없는 논
땅 위에 깔리는 허연 눈가루
마음에 짓밟는 형제의 손.

2

눈떠라 눈떠라 참담한 시대가 온다.
동편도 서편도 치닫는 바람
먼저 떠난 자 혼자 죽는 바라
동렬(同列)에 흐느낄 때 만나는 사람.

이중섭

그물 위에 춤추는 아이들의 떼
물고기들 속히 공중에 박힌다.
일등성만 달린 새벽 하늘에
구름 형상의 구름이 떠간다.

북해의 엽서 1

너의 얼굴이 없는 빙하
무반주로 떠돌아다닌다.
정전(停電)된 하늘에 흐르는 은하
네가 없는 동시대에 배가 간다.

북해의 엽서 2

겨울에 바다를 건너는 게 아니데.
갈매기 한 마리 북천에 날고 오후 1시의 30분
셔터에 닿는 안개의 집합이 찬물 먹이는 항구에서
종로의 어깨도 그리워 부르노니 너의 조그만 번지를.

친구의 아내

1

겨울 해 설핏 기운 먼데 말방울
장설보(長雪步) 익히는 친구의 뒤뜰
눈 속에 남은 눈의 복사나무들
말없이 기울인다 겨울의 귓불.

2

서른 갓 넘고 그의 아내 숨어 있다.
손 시린 산천 아궁이에 불 지펴놓고
덫에 잡은 눈보라 가마 속에 담아놓고
문에 나무처럼 서 있는 그의 아내 모르고 지나쳤다.

삼남에 내리는 눈

봉준이가 운다 무식하게 무식하게
일자 무식하게. 아 한문만 알았던들
부드럽게 우는 법만 알았던들
왕 뒤에 큰 왕이 있고
큰 왕의 채찍!
마패 없이 거듭 국경을 넘는
저 보마(步馬)의 겨울 안개 아래
부챗살로 갈라지는 땅들
포들이 얼굴 망가진 아이들처럼 울어
찬 눈에 홀로 볼 비빌 것을 알았던들
계룡산에 들어 조용히 밭에 목매었으련만
목매었으련만, 대국 낫도 왜낫도 잘 들었으련만.
눈이 내린다, 우리가 무심히 건너는 돌다리에
형제의 아버지가 남몰래 앓는 초가 그늘에
귀기울여보아라, 눈이 내린다, 무심히,
갑갑하게 내려앉은 하늘 아래
무식하게 무식하게.

런던 박물관에서

—安永憲朗에게

죄는 절에서 씻는다.
부처님 눈에는 모두가 부처라지만
너도나도 우리의 아이들도 다 부처라지만
나의 눈에 제국상선(帝國商船)의 모형은 제국상선,
현창 뒤에 숨겨놓은 20문 포의 모형은
20문의 포다.
나이 들어 발견하는 자신의 이 속됨,
박물관을 나와 짧은 해를 바라보고
모든 손가락에 불을 붙였다.
필터 잘라낸 담뱃진이 입에 녹는
이 단순함, 단순함.

천기(天機)

1

올 가을 고향엔 식수마저 없다며.
만리동에 그대가 잔손질한 며칠 밤
집이 집을 이고 선 비탈에 새벽마다
그대의 척추를 끌고 가는 기적 소리 들리고
첫얼음 어는 오늘 아침
역부(驛夫)가 멍에 지워놓은 호남선 열차에
손가방과 안경을 올려놓고 그대가 찾는
하늘,
책 사이에 끼웠다 펼쳐보고
전당포에서도 받아주던, 하늘.

2

소화 시대(昭和時代)의 흉년은
맞춤법 틀린 동아일보를 보면 알 수 있고
신들린 사람처럼 우는 굶주린 아낙들의 사진도
신문사 조사부에 가면 볼 수 있지만
어제 오늘 신문에는 화폐량만 자꾸 높아간다.
내년에 대풍이면 잊으리라.

무엇을?
아니 무엇을?
벌겋게 달아도 추운 난로 위에다
마음의 덩치를 올려놓았다.
마음이 타는 냄새.

왕도의 변주 1

저 여행하는 왕들
잠들 때 문 잠그지 않는
가방에는 불온 서적도
자살 도구도
자신의 무덤도 있는.
이제는 가까이할 수 없는 저 새들
하늘에 다시 날으는
열리지 않는 저 대궐들.
소싯적에 골탕먹인 초등학교 선생도
사랑하다 놓친 여자들의 지분도 날아다니는
세월 속에 다시
여행하는 저 왕들.

왕도의 변주 2

우리는 떨어진다.
아무도 이제는 입을 열려 않는다.
출세한 전봉준씨가 조병갑에게 문안 전화 거는
다방 어디에고 막(幕)이 열리지 않는다.
악수를 할 때는 손을 버리고 달아난다.
달아난다, 우리의 정체(正體) 깊이 깊이 민간인 금지구역으로,
순한 중대 아이들이 갑자기 거칠어져
젓가락으로 유행가를 부수는
한점 한점 낙하하는 눈발의 속력 속으로,
아무도 입을 열려 하지 않는 말의 외로움으로.

왕도의 변주 3

다시 깨닫는 침묵
무대에 나서서는 퇴장구부터 살핀다.
아바지시여 가능하다면
내 연기를 말살해주소서.
톨스토이 전집에서 쫓아낸 교도소도 아옵고
그것을 거꾸로 읽는 법도 아나이다.
다시는 전신(全身)으로 울지 않는 법도.
사나이의 팔이 먼저 달아나고
발기한 비뇨기가 달아나고
아슬아슬하게 맞지 않은 턱도 달아나고
오늘은 도도하게 분노한 중대 아이들.
다시 깨닫는 침묵.

왕도의 변주 4

──중섭(仲燮)이, 우리의 전도(前途), 그리고 파편

오늘 라디오를 꺼버렸다.

바람 부는 이 고요

창밖에 전속력의 어둠.

저 꺼진 불 속에 뛰어드는 아이들.

혹은 속력 줄어든 군함처럼

서 있는 저 황소들, 중섭이 아아 중섭이,

이 즐거운 침묵의 파편

공중에 멎은

저 수탉

바다에 뛰어드는 저

비행기들.

눈, 1967

내 핍박의 누이들
나이보담 어리게 또 여리게
낙하하는 저 연상(年上)의 손길들.

한마디로 멸종, 아니면 함께 살밖에 없는
함께 있을밖에 없는
형제,
너와 내가 서로 등을 노릴 때
호흡의 마디마디가 손에 만져지는
그 가까움에 거듭 떨며
네 등을 미리 애무하는 나의 일도(一刀)
아니 내 등 가득히 받는 너의 풍성한 난도(亂刀)
그러나 함께 살 수밖에 없는
형제.

날이 어둡다, 완전무장 속에
우리는 다시 서로 마주본다,
얼굴 없는 하늘 가득
끊길 듯 끊길 듯 낙하하는
내 핍박의 누이들.

사랑 노래, 1968년

1

방공호에서 왔다.
강철로 만든 저 새들
인간의 꿈보다 쾌히 날으는 저 혼들.
그들이 접근하는 세계
안방의 전기 모두 타오르고
라디오의 배면에 화륜(火輪)의 후광이 걸린다.
굶주린 도시 전각(全角)을 밝히는 이 혼례!
사각(死角)에도 화염이 쏟아진다.
시간의 야광을 들여다본다.
국도에서는 훤히 동이 트고
한떼의 군중이 비 맞으며 지나간다.
같이 긷는다, 장조의 이 신음, 이 반복,
마법의 형제들,
발화점을 향해
천천히 쓰러지는 전부(全部)의 우리.

2

북소리 그치고

우리는 다시 몸을 일으켰다.
흐리게 날으는 새들 속에
점차 개이는 하늘.
심각하게 고개 기울이고
지구는 돌고 또 돌지만
봄이 다시 와
그슬린 나뭇등걸에
조그만 싹들을 미안하게 터뜨리지만
지상의 한 점, 이 상처의 한가운데
너의 무명(無明)
이 언덕의 3도 화상 속에
우리는 피류의 무필로 벌거벗는다.
살이 쓰린 만큼
마음이 쓰린 만큼……

열하일기
(1972)

겨울 바다

박명의 구름장들이 빙빙 돌아간다.
고통처럼 단순한 몇 포기 섬들이
갯벌에는 여인 서넛이
소주처럼 쓴 물결을 휘젓는 바람 소리가
아 바람이, 하늘에선 박명의 구름장들이 빙빙 돌아간다.
웅크리고 박혀 있는 몇 포기 섬들
갯벌에는 여인 서넛이
허리 구부릴 때 그들에게 잡혀주는 몇 마리 게 새끼가
매어달리는 이 풍경.
아 바람이,
짧은 해안선을 달리는
바람 음성의 바람 한 폭이.

이른 눈

갑자기 안타까워진다.
이 도시 이 잘 닦은 안경이
상처입은 집들이 차례로 과장되다
공간의 안이 갑자기 닫히는
골목 입구에
늙은 거지 여자가 전선주에 상체 세우고 앉아
흥얼대고 있다.
기름먹인 천으로 만든 신발이 벗겨져
나란히 눈을 맞고 있다.
방금 떨어지는 눈송이를
아프지 않게 가볍게 맞고 있다.

철 새

고통, 덜 차가운 슬픔.
원고의 번역을 밤새 따라다니는
합창 같은 자유.
모든 나무의 선 그 흔들림이
아직 그대로 남아 있는
이 시월
무사무사(無事無事)의 이 침묵.
아침, 거품 물고 도망하는 옆집 개소리.
하늘을 들여다보면
무슨 부호처럼
떠나는 새들.

자 떠나자
무서운 복수(複數)로 떼지어 말없이
이 지상의 모든 습지
모든 기억이 캄캄한 곳으로.
기억이 캄캄한 곳
야만스레 입 벌린 태양
그 입 속으로 입 속으로
날아드는 형제들
모래 위에 깃 무수히 남기고

피 한 방울 없이
일족(一族)이 물구나무서 우는 곳으로.

물구나무선 우리들
이 시월
눈 비비고 놀라 다시
들여다보는
들여다보는 하늘에 나타나는 부호
새들이 떠나고 있다.

새

날으는 새는 자유의 상징이라지만
자유를 주지 못하리
이제 나에게 어떠한 상징도.

저녁 눈 희끗희끗 날리는 거리를
나는 창의 전부를 열어놓고
라디오의
바흐의 전부를 열어놓고
들여다본다.

창 앞에 서 있는 앙상한 낙엽송 가지에
참새 한 마리가 앉아
예비적으로 떨고
눈 속으로 날아간다.

논 1

쌀이 불쌍하다.
우리는 논에서 죽었다.
십삼 촉보다 어두운 가을 어스름에
무섭게 밟히는 소리들.
숨쉬어보아라
낫날이 빛나지 않는다.
시간이 전모가 빛나지 않는다.
그러나 움직인다.
해오라기의 형상이 한떼 날아가고
호박보다 밝은 달이
수수밭 위에 떠 있다.
수수밭이 죽어 있다.
그러나 움직인다.
한치 한치가 어두움의 땅이다.
움직인다.

논 2

빈 그물이 내려와 덮친다.
옳소 옳소 웃는 탈곡기 옆에
밤새 산기(酸氣)에 시달린
하나의 쇳내가 넘어진다.
얼씨구, 고의춤을 잡고 빨리 경련하는 손
힘줄이 가볍게 떨어 아름답다.
찡그린 얼굴은 웃는 것 같다.
웃음 소리!
아니, 들리지 않는다.
한아름 벼의 얼굴이 떨어진다.
크고 작은 그림자가 말없이 둘러선
구멍 뚫린 꿈같은 이 한낮.

논 3

반 개의 생명도 너무 무겁다.
잔금이 남은 손
서녘 하늘에
오광대, 채색된 웃음.
수척한 사내들이 내려온다.
새들과 바람이 다니는 길
혹은 잉태한 새들
흥부도 제비 다리를 분질렀다.
모든 제비가 우리를 본다.
우리의 아이들은 경상도를 버릴까
전라도, 충청도, 아아 우리들을
버려! 복수(復讐)에 물드는 신(神)들처럼
왁자지껄 떠올라
수문에 이리저리 오줌을 갈기며
논의 금들을 떨며
지워!

허균(許筠) 1

또 가을이다.
이상한 산이 바뀌지 않는다.
그대의 슬픔에서 수많은 철새가
비산(飛散)한다 깃을 풀고. 거듭 광풍의 일 보 전.
한지에 자꾸 번지는 눈물 자국
우리의 주인공이 다시 죽는다.

도시의 중심에서는
쥐얼굴에 범눈을 지닌 자들이
한 획의 실수도 없이
농담도 없이 인기척도 없이
도장을 찍고
그대와 최후로 만날 약속을 한다.

문을 열고 보아라. 잠시 조용하다.
달빛에 가려진 구름뿐
순진한 조정(朝廷)도 율도도 없다.
슬픔도 없다. 책에서 보지 못한
개가 한 마리 씩씩하게 지나간다.

허균 2

꿈의 절에서는
사자들이 뛰어다니고
머리 빗고 쫓겨다니는
그대가 보인다.

백목련 가지에 문득 타는 봄.

미리 죽은 자들처럼
표정 없는 풀들이 둘러싸고 있는
연못에는 언제나처럼
잔 붕어들이 몰려든다.

이 끊임없이 하염없는 시간,
그대가 연못을 돌아 우리 앞에 나타나
다시 보면 못 거듭 박힌 땅 위에
점을 찍듯이
그대의 발자국을 찍는다.

허균 3

나는 정욕을 느낀다 그대의
죽음에서. 답답하다. 언제나 한시다.
심야 방송이 시작된다.
잠시 불 껐다 놀라 켜고 담배 태우며
의자 타고 앉아
두 손을 내리고.

때로 뒤떨어진 사랑도 있어서
흐르는 연못같이
그대의 세계 밖에 잠시
남몰래 흐르고 있어도 좋은가.
누군가 기침을 하고
소박하게 마음을 포기하고
웃고 돌아설 수는 없는가.

잘못 살 수도 있지 않은가
잘못 핀 꽃이 잘 핀 꽃들을 돋보이게 하듯.

그러나 그대는 눈으로 말한다.
이 삶은 단막(單幕),
다시 등장할 수가 없다.

무대 위 소도구들 뒤로
캄캄한 출구.

허균 4

가르치려는 자들은
복잡하게 한다
죽음을.

우리 같이 보자.
행인들
돌 든 학생들
혹은 벽에 기대선 꽃들.
그들이 쓰러지며 보도에 흘리는 꽃물.
그대의 죽음은 단순하다.

불을 끄고 문을 닫을 때
어두워지는 벽면처럼 단순하다.
벽에서 사라지는 그대의 생애
하나의 막이 풀려
방바닥에 흘러내린다.

창밖에선 소리없이 눈이 내린다.
눈이 쌓인다.
임자 없는 손이 눈을 어루만진다.
자꾸 떨리는 손
그대의 죽음을 어루만질 수 없다.

열하일기 1

밤의 창호지와 이별한다.
목소리 거듭 죽인 누이여, 네가 문득 문을 열어
모든 장래가 환히 들여다보인다.
얼어 있는 언덕도 보인다.
너의 강을 건너면
물구나무선 초가집들이 어두운 하늘에
연기를 뺏기고
주먹을 팔에 달고 서 있는 사내들
그들의 마음의 고향 소 몇 마리
움직이지 않는 견고한 달구지의 행렬
천천히 네 이별이 다가온다.
불을 꺼도 보인다.
네가 숨을 죽이면
처처에 다져지는 조그만 아우성들.

열하일기 2

내 사랑한다, 아 사랑하지 않은들.
눈물 없이는 사냥할 수 없는
몇 마리의 순한 닭, 몇 순간의 새벽을
정거장마다 날지 못하는 내 이웃들,
시들 때
소리내지 않는 꽃들,
그 삶의 가파른 물매를.

깨어보면 길 위엔
메마른 눈물처럼 서리가 깔려 있다.
내 사랑한다, 아 사랑하지 않은들.
밝아오는 새벽의 갈피 속을
아슬아슬하게 메마른 그대가
날개의 틀을 끌고 지나간다.
빈 나무들 뒤로 지평선은 굽어져
서리 위를 뛰고 있는 사람의 떼를
움직이는 상흔을
드러내준다.

열하일기 3

명사수의 눈에
동전(銅錢)이 십 배로 확대된다.
출마! 광화문 거리를 지나
박차를 가하면
힘차게 말이 운다.
헐벗은 아이들이 노루처럼 달린다.
쏘아라
아이들 꽁무니에 매달린 궁둥이에
과녁처럼 원색으로 기운 호흡,
꽉 짜인 구도 속에 말이 운다.
쏘아라, 유유하게.

열하일기 4

봉원사 아래 공동 우물
마른 풀에 덮이고
속도 없이 풀벌레가 울 때
개들이 교미하는 길가에서
햇빛은 갑자기 몸을 돌리고
새들은 서로 떨어져 앉아
숨죽이고 있다.
새들이 떨어진다.
깔판에 앉아 막걸리를 마시다
내가 놀라 나뭇가지에 올라가 앉는다.
사흘 전 이국에서 뼈로 돌아온
아들의 그림자가
주모의 얼굴에서 떠나지 않는다.
봉원사 뒷산에는 도수 높은 안경이 걸려 있고
소년 하나가 이름 모를 새의
신경을 죽여가지고 내려온다.
가만, 내 신경은?
안주머니를 뒤져
신분증 세 개를 찾아낸다.

열하일기 5

사진보다 단순한 춘천 근교의 산들
하늘 어디엔가 박혀 있는 늦가을 태양
술 나르는 여자애의 두상이 흔들리며
이야기의 뒷부분이 꼬리를 감춘다.
우리 생(生) 입혀주는 우리의 월남을 가릴 필요 없다.
우리의 월남!
우리가, 우리가 떤다.
모종의 협박, 신문에서 서서히
서서히 사라지는 사건들.
머리칼이 자꾸 바람에 떨리는
우리의 고향.
하늘 어디엔가 박혀 있는 늦가을 태양
함부로 낙엽을 뿌리지 못하는 나무들.
살펴보면 아무것도 보이지 않는다.
바람과 타향이 몰리는 십일월 초순
늦가을 저녁처럼 취해 종점 춘천역에 나가서
달라고 한다, 서울 반대편 표를.

열하일기 6

이 바람이, 벌써 아니다, 이 바람이,
베개와 자정(子正)이 다시 투명해진다.
간직해다오, 아무것도 간직하지 않는
마당가에 켜놓은 과꽃의 무리.
찬 하늘엔 새들의 파편들이 날아가고
국민투표만큼 국민다운 서리가 내려 녹지 않는다,
수압이 약해
이웃집 아낙이 밤물을 긷는구나.
누군가 주정꾼이 담에 힘없이
소변을 보는구나, 힘없이.
그러나 우리는 슬프지 않다
불행할 뿐이다.
너덜너덜한 살 속으로
바람이 굵은 모래를 뿌려준다.
쳐다보는 하늘에는 구름 한 점 없는
아픈 조명.

열하일기 7

바람에 나뭇잎들이 뒤집힌다.
나를 기억하지 말아다오.
권태보다도 입이 없는 나의 시구(詩句)들
쏟아버려다오.
푸에볼로 아니면 수 미상의 비행기
바다의 떠는 허파를 뚫는
소나기보다도 뜨겁고 절실한
다련(多聯)의 기총소사를,
다시 버릴 집을, 간단히 태울 집을 마련해다오.

무장한 군대가 있는 도시마다
이와 신경을 잡는 시민들.
평등하게 불행한 우리들.
끓는 물에 주전자 올려놓고
다시 내려놓는 시야의 전면에
무수한 나뭇잎의 뒤집힘.

국도 연변의 모든 집들이여,
아침 햇살 속에 한쪽 어깨 무너진
이 산기슭.
위태한 꿈에서 깨어나듯이

날기 시작하는 몇 마리 새들
나를 기억하지 말아다오.

열하일기 8

누이여, 네가 넘어지고
너의 타향이 나의 꿈에 나타난다.
언제까지 한 계절씩 절망할 것이냐.
계절의 경계선에는 낯선 새들이 날고
그들이 토하는 불빛도 보인다.
전라도 충청도 아아 온갖 지명으로 지워진
억새 속에 누워
간신히 지지 않는 해를 바라본다.
철교 위에서 기차가 뒷걸음치고 있지 않느냐
달구지가 뒷걸음치고 있다.
새들이 아슬아슬하게 뒤로 난다.
멀어질수록 너는 더 커지는구나.
너의 숨소리가
십만 평의 얼굴이 되어
모든 지평에 숨고
너의 강이
나타난다.
다시 더 나타날 강이
이제 없다.
네가 잔기침을 하면
몇 번이고 몇 번이고 빛나는 마른 번개.

열하일기 9

너는 한강을 건너고
임진강의 불빛을 바라보았다.
강변엔 별들이 닿을 듯이 가깝고
낯선 물결이 흐르고 있다.
우리 땅 같지 않다.
승천하지 않고 누워 버티는
사형수 같다.
범인이 현장에서 떠나지 않듯이
두 줄의 병력(兵力)이 흐르고 있다.
모든 시외버스가 조심스러워진다.
낯선 사내가 졸며 나에게 몸을 맡기고
비좁은 좌석에서 내가 쏜살같이 행복해진다.
산채(山茱)의 십원들을 언덕처럼 이고 웃는 주름살들,
주름살들, 누이여 너의 반과거(半過去),
내 도주의 길을 누벼 막아다오.
살고 싶다 누이여, 범인으로라도.
현장이 그에게서 떠나지 않듯이
내가 부복하고 머리 조아린 곳은
모두 살아 있다.
아니 살고 싶지 않다, 뻣뻣이 서는 머리칼,
네가 앞으로 나서면
모든 재 불이 되어 다시 뜨겁게 탄다.

열하일기 10

밭이 눈부시다.
여인 서넛이 이랑을 타고 앉아
땀 흘린다 엉덩이를 떨며
파라 파
죽지 말어라 말어.
지난해에는 눈도 없이
비가 자꾸 왔어.
쥐구멍에 괭이 발이 끼여
낄낄대고 웃었지.
뜯어라 뜯어
경상도구 전라도구
아이고 전라도구 경상도구
다 뜯어라 뜯어.
대포 한번 꽝꽝 울면
산과 둑이 엎어지고
저수지 터지고
아이들이 박살난 얼굴로 웃어
아아.

아내가 있는 풍경

아내가 미친 듯이 웃으며
한아름의 갈대를.

꽃병 둘레에는
빈혈의 아내가
사과 쟁반을 후광처럼 이고.

성화(聖畵)보담 빛이 약한
서향한 창에는
아직 달이 보이지 않는다.

책상에 놓여진 사과의 뺨들에
단층(單層)의 이 접촉!

창을 열면
연탄가게의 소년들이 모두 고개를 들고
나처럼 하늘의 달을
혹은 알 수 없는 어떤 빛을
말없이 찾고 있다.

꽃 1

구름 사이로 찢어진 달빛이
환해진다.
거울에 비치는
아침에 벤 턱, 두 손, 그리고
불현듯한 토요일 이른 밤.
아내는 잠시 친정에 가고
너무 많은 귀뚜리가 운다.

전등을 켜면
벽을 막는 사각(四角)의 창
흔들리는 커튼
수평의 책상, 육면 성냥갑, 국판(菊判) 거울,
그리고 불현듯한 토요일 이른 밤.
책상 위에 아무렇지 않게 피어 있는 몇 송이 들꽃
꽃잎이 몇 개 빠진 것이 보인다.
빠진 꽃잎 자리들을 만져본다.
손가락과 손가락이 만난다.
이것도 한 만남!
조소하며 중얼대며 웃으며 돌아서
갑자기 대사를 잊는 조그만 떨음.

신초사(新楚辭)

1

하얗게 해가 진다.
하늘에서 발을 구르는
몇 마리 눈먼 새들
아무리 발 굴러도 좁은 마당이다.
손 벌리면
울다 말고 딸아이가
종이로 접은 학을 가져다 준다.
아무리 들여다보아도
눈이 안 보인다.

2

며칠째 바람이 세다.
점차 긴장하는 집
새벽에 문이 열리지 않는다.
연희 송신탑이 떨고 있다.
비눗갑만한 트랜지스터도 떨고
때이른 낙엽이 떨며 굴러온다.
퍼지지 않으려는 손바닥을 펴서

도배를 한다 추억처럼 머리칼이 날아가
가족의 품에 감긴다.
끈질긴 머리칼
힘주어 잡아다니면 끈에 묶인
새가 걸어나온다. 풀어놓아도
날지 못한다.

3

어제 죽은 창(槍)을 팔았다.
황금 보기를 돌같이 하라던
돌이 안 보인다.
학생들이 돌을 던진다.
높은 축대 위로 돌이
하얗게 뜬다 돌을 맞으며
언덕에서 손수레가 구른다.
한 가족이 모두 끌려 내려온다.
가게들이 흩어진다.
사방을 둘러보면 사방에서
내가 아우성치고 있다.
돌이 안 보인다.

4

저녁에라도 끓는 물이여
끓어라.
끓지 않는 것은 모두
텔레비전 앞에서 웃고 있다.
뒤를 보면 유리창 너머로
그대의 등을 어루만지는
어둠이 유난히 번쩍인다.
초인종이 울려도
대답하지 말아라 대답하지 말아
남보다 스포츠 중계만큼 더 건강한 그대의
좁은 마당을
그대의 문등(門燈)이 지키고 있다
그 안에 그대 있음을 알리는
몇 줄기 부러진 꽃들.
저녁에라도 끓는 물이여
끓어라.

5

내가 아픈 불두화(佛頭花)가
붉은 귀를 내밀었다.
자꾸 귀 막으면
꿈이 점차 처절해진다.
새가 하나 떨어진다.
개가 딴 곳을 보며 짖는다.
아니다, 다른 곳에서도
새가 떨어진다.
날개가 먼저 떨어지고
다음에는 아무것도 떨어지지 않는다.
신기하다.
날개 없는 새들이 날고 있다.
상처 없는 입을 봉한 채
나는 걷고 걸었다.
우리는 걷고 있었다.

어느 조그만 가을날

이제 아무도 살고 있지 않은 집은 없다.
마음의 집을 팔고
아직 거느려보지 못한 책들도 팔고
빈 봉우리 하나쯤 사고 싶다.
잔뿌리 덮인 저녁하늘 한편에는
해가 굴러가고
나머지에선
온통 바람이 분다.
사적(私的)으로 분다.

        *

두 눈이 지워진 돌의
얼굴을 두 손으로 받쳐들고
딸애는 자꾸 꼬마 귀신이라 부르지만
바람 속에 자세히 보면
내 얼굴이다.

아이오와 일기 1

커튼으로 가린 방
방 전체가 틀이다.
맥주병에서 꽃이 시드는 소리
시카고 미술관에서 몰래 꺾여와
내 감기를 지키는 꽃.

며칠은 커피를 끓이지 못했다.
가스 오븐에서 담뱃불을 붙이고
눈썹을 태우고
소리질러봐야 내 목소리뿐이다.

가방에는 자살 도구
혹은 아내의 편지
딸이 웃는 사진.

아이오와 강엔 밤새 비가 내린다.
커튼을 열면 보이지 않는다.
트랜지스터에선 암호처럼
이국 목소리가 들려온다.

월남 중동 아니면 고국의 어디에선가

204

살아 있다고 사람들이 운다
알리바이도 없이.

눈물은 손톱처럼 떨어져
메마른 손에서 빠져나간다.
살아 있다고
몸에 기름을 붓는다.
한 나라의 목숨들이 철새처럼
촛불을 끄고
마지막으로 우는 악기를 어루만지고 떠나더라도
바라보면
비 내리는 공간
뒤돌아보면
이틀 전에도 하루 전에도 죽지 않고
내 감기를 지켜준 꽃.

가방에는 자살 도구
아내의 편지
혹은 딸이 우는 사진
그리고 오늘 죽는 꽃.

싸고 있던 담요를 벗어버리고
뜨거운 이마로 꽃잎을 차례차례 떨어뜨린다.

아이오와 일기 2

―아내에게

팬츠 바람으로 장갑을 끼고
밤비에 젖어가는 주차장을 내려다본다.
잠이 오지 않는다.
기다리리라 허락하리라
허락하리라 모든 것을
그대 살고 있는 괴로움이
다시 나를 울릴 때까지
슬퍼하는 기사를 태운 말처럼
내 그대 마을 건너편 언덕에
말없이 설 때까지.

몇 개의 초가집이 솔가지를 태워
그 연기 날개처럼 솟아
그대 사는 하늘의 넓이를 재고.

그 하늘 아래 앉아
서로 이를 잡아주는 그대와 나.

보이지 않는다
다시 보인다
지워지지 않는다.

아이오와 일기 3

혹은 니그미, 혹은 自動記述에 의한 칸타타
──마종기에게

인도를 사랑할 때
나는 행복하다, 저 창의 어둠
아르헨틴을 사랑할 때
나는 행복하다, 어둠 속에 돌며 내리는 눈
미국을 사랑할 때
나는 행복하다, 오랫동안 밝게 끓는 커피
내 나라를 사랑할 때
눈 맞고 돌아온다, 행복하고 싶다.

미국을 미워할 때
나는 행복하다, 취하지 않는 이 맥주를
인도를 미워할 때
나는 행복하다, 갠지스 강의 화장 연기처럼
아르헨틴을 미워할 때
나는 행복하다, 하늘에 날릴 수는 없을까.
내 나라를 미워할 때
벽 속에 숨는다, 도둑들.

나의 나라, 너는 무명(無明)이다.
앓는 눈처럼 충혈되어 있다.

그러나 잘 본다. 산이 망가져 있다.
추상(抽象)이다. 몇 행의 들길이
기어가고 있다.
그 길이 기어가 너의 어머님 집으로도 가고
천천히 신촌에 있는 내 전셋집으로도 간다.
Adagio con fuck!
들길이 다시 기어나온다.
우리 눈은 살겨 있다.
죽기 아니면 살기
중인 환시(衆人環視) 속에 내가 침착하게 치를 떤다.

    *

탄피 곁에서
우리 피는 거듭 시리리라.
피가 없는 탄피들.

    *

울부짖게 내버려다오.
울부짖는 내 마음의 골편(骨片)들

울부짖는 내 부분은
곧 져야 할 꽃잎
하루종일 바람이 분다.
네가 슬퍼하는 무의촌의 리어 왕들
허나 그들은 울부짖지 않는다.
서로 말없이 쳐다본다.
그들의 눈에서 국가가 고여
차디차게 흘러내린다.
나는 너보다도 더 코스모폴리턴, 즉
Adagio con fuck!
열쇠를 방바닥에 집어던진다.

    *

  불타(佛陀)는 잠들고 나는 악몽에 시달렸어. 지도에서 서울이 사
라지고 나는 모든 기차에 매달렸지. 너무 빠르면 죽음이 생각난다.
등신대보다도 큰 나의 악몽들. 혹은 이중섭의 끈 없이 공중에 매달
린 닭 몇 마리. 새벽이다. 환청인 듯 닭이 운다. 내 생애가 출렁댄
다. 너의 오하이오는 수첩에서 눈이 내리고 나의 아이오와는 진 빚
이다. 일주일 후에 이곳을 뜬다. 서양식으로 너의 동규가.

봄 제사(祭祀)

1

생(生)의 한 가지〔枝〕는 봄이다.
하늘, 한떼의 들오리가 북쪽으로 날며 긋는
쐐기의 형상
불고기판 위에서 아이들이
뒤집히며 놀고 있다.

2

부서진 군중이 강에 닿고 있다.
방독면을 얼굴에 쓰고
강이 꿈틀거리며
허물을 벗고 있다.
자기 목소리로 침묵을 살리는 시민들.

입술들

1

돌 위에 돌이 한참 떠 있고
자줏빛 부리의 새 한 마리
돌 위에 앉아 울고 있었다.
날카로이 열린 부리가 쪼는
하늘의 옆모습.

2

두 송이 꽃이 함께 죽어가고 있다.
혼자 죽음을 생각할 때보다
사뭇 가벼운 이 죽음의 입술들.
두 송이 꽃은 벌써 지워지고
바람 속에 남아 있는 우리의 얼굴.

3

뒤돌아보면 아무도 없다.
삼각산보다 작은 평화를 위해
평화의 한 골목을 위해

소리내지 않고 울 듯이
소리내지 않고 말하는
우리들.
한없이 작은 벌레들이 바람에 날리며 우는
울며 울며 남아 있는 이 가을
벌레의 눈에 차례로 비치는
우리들.

4

가위 바위 보
가위 바위 보
보 위로 눈이 내린다
다시 쥐지 못하는 주먹

아이들의 하얀 비명

아이들이 숨어 있다.
찾아보라, 아이들이 숨어 있다.
숨바꼭질하다 돌아오지 않고
입 틀어막혀서 숨어 있다.

나는 바퀴를 보면 굴리고 싶어진다
(1978)

연등(燃燈)

나무들 허물 없이 옷 벗을 때
우리 얼굴 벗고 만나고
나무들 옷 걸치고 무리지어 설 때
우리 다시 귀면(鬼面) 달았다.
흘러라 귀면이여, 우리 사랑은
수상하게 사월 파일 연등놀이에도 끼고
흐르는 줄 속에 들어가
마음 독하게 걷기도 하지만
남들처럼 웃으며 걷기도 하지만
불 꺼트리고
길 속에 길 잃고 서서
흐르지 않기도 한다.
길 잃은 동안만 우리는 흐르지 않는다.
사람들 떠들며 지나가고
켜진 불빛들이 스쳐가고
우리는 말없이 남는다.
아무 소리도 들리지 않는다.
물 흐르지 않는 소리
들린다, 우리 감춘 마음도
들린다, 아무것도 없이 허약하게
불마저 꺼트리고
흘러라 귀면이여, 우리는……

서로 베기

새로 맺히는 이슬을 털며
메마른 이슬까지 털며
풀을 베었다.
풀과 함께 자른
몇 마리 곤충
상체(上體) 잘린 채 아물대는
아물대는
발들의 시림
잦아들지 않고 잦아들지 않고
이 자리를 끓이는.

바다로 가는 자전거들

1

어둠이 다르게 덮여오는군요. 요샌 어둡지 않아도 오늘처럼 어둡습니다. 이젠 더 자라지 않겠어요, 마음먹은 조롱박 덩굴이 스스로 마르는 창엔 이상한 빛이 가득 끼어 있습니다. 그 빛 속에서 동네 집들이 모두 언덕으로 기어오릅니다. 이상한 빛이 되어 기어오릅니다. 언덕 위에서는 어깨 높은 일단(一團)의 집들이 줄지어 길을 막고 있습니다. 길이 없군요. 없습니다. 한 점씩 불을 켠 채 언덕을 오르는 아이들. 자 문들을 나서 아이들의 길을 걸어보실까요. 아이들은 넘어지지 않습니다. 쓰러집니다. 우리들이 휘청대다 넘어집니다. 모든 것이 너무 가벼워져서 가슴속에 돌아가는 바퀴들과 공기를 밀어넣는 펌프가 보입니다. 그 밖에는 아무것도 보이지 않습니다.

2

모두 넘어지고도
날이 저물지 않았어요.
언 빨래들이 묵묵히
매달려 있었어요.
빨랫줄에는 놀란 듯 한두 점
흰 눈이 묻어 있었어요.

잊혀지지 않은 것들은
모두 그렇게 조그맣게
묻어 있었어요.

≪여보세요, 당신은 바다를 보았나요?
≪여보세요, 나는 개를 향해 짖었어요.
≪여보세요, 바다로 가는 길엔
아직 자전거가 달리고 있습니까?
≪여보세요, 요새는
짖는 개도 물어요.

3

또 비탈? 눈 자갈이 튀고 그가 쓰러지고 나도 쓰러졌다. 자전거
는 밭에 들어가 돌고 있었다. 수수 그루터기마다 한모금씩 한모금
씩 눈이 녹고 있었다. 그를 일으켜세우며 나는 바다 냄새를 맡았다.
그의 흰 옷엔 피가 배어 있었다. 어떤 꽃무늬보다도 눈이 부신, 허
리에 크게 번지는 꽃. 또 비탈! 자갈이 튀고 우리는 다시 쓰러졌다.
그가 나를 일으켜주었다. 내 옷에도 피가 배었다. 신기했다. 내 몸
에서도 바다 냄새가 났다. 우리 자전거는 나란히 달렸다. 서로 살필
필요 없이.

지붕에 오르기

나이 들며 신경이 멀어지는 것은
즐거운 일
고통은 삐걱거리는 마루처럼
디딜 때만 소리를 낸다.
수리하기로 마음먹는다.
출근하려고 구두를 신을 때
목수들이 신나게 초인종을 누른다.

버스 정류장 옆에 그 소년이 없다.
목발 짚고 일간스포츠 곁에 붙어 서 있던 아이
대신 가죽잠바를 입은 사내가 앉아 있다.

없으면 없을수록 마음 가볍지
난 예수가 아냐
로마 병정도 아니고
예루살렘 대학에서 아랍어를 가르치고
별들이 무사한 것을 보고
행복하지 않고
불행하지도 않고.

내가 만만하게 차서 발이 아플

돌멩이는 없었어.

돌아오는 길에는
10층 창 위에서 유리 닦는 사내가
아래를 내려다보는 것을 보았어.
저녁 햇살을 정면으로 받아
빛나는 창, 그 많은 창 하나에 매달려
전혀 빛나지 않게 내려다보는 것을 보았어.

목수들이 파업만 했더라도
예수를 십자가에 달지 못했을 텐데.

목수들은 하루종일 마루를 고치고
나머지 목재로 사다리를 만들었다.
발을 굴러도 마루가 삐걱대지 않는다.
소리가 더 깊이 들어갔을까
더 깊은 데, 우리가 자갈처럼 가라앉아
더 이상 남이 될 수 없는 데.

사다리 둘 곳을 찾다가
이사온 후 처음으로

슬래브 지붕에 올라간다.
각목이 모자라 두 칸은 베니어를 겹으로 붙여
내 가벼운 무게도 모르고 마구 떤다.

떨림이 멎지 않는다 동남쪽으로
모래내 골짜기가 펼쳐져
있다 묘사 덜 된 소설처럼 그러나
신기하게 하나도 빠짐없이 지붕과
굴뚝을 달고 집들이
모여 있고 헤어져 있다 어스름이
내린다 손이 흔들린다 어디선가
낙엽 한 장이 날려와 흔들리는 손에
잡힌다 메말라붙은 신경이
선명하게 보이는,

신경이 모두 보이는 이 밝음!
공포, 생살의 비침, 이 가을 한 저녁.

장마 때 참새 되기

하류(下流) 끊긴 강이 다시 범람한다.
세 번 네 번 범람한다.
외우지 않기로 한다.
──물이 지우는 몇 개의 섬.

신문을 읽지 말고
혹은 읽으면서 잊어버리고
몇 번 재주 넘어
──천천히 참새가 된 나와 아내.

비가 내린다.
물이 거듭 쳐들어온다.
새는 지붕 간신히 막아놓고
아들아, 아빠가 춤을 춘다.

창 틈으로 날아들었다가
머리를 바람벽에 부딪히고
눈앞이 캄캄해져서
참새가 참새가 춤을 춘다.

불 끈 기차

불 끈 기차가 지나가지.
저건 신촌 집에서 쫓겨나 변두리로 변두리로
가벼운 마음으로
눈감고 달리는 기차야.
집에 마음쓰면 안 돼.
서 있는 것
꽃나무 몇 그루
이름 서로 아는 친구
아들아, 네 올라가 숨곤 하던 장독대
그런 것에 마음쓰면 안 돼.
움직이는 것을 아껴야 해, 움직이는 것들,
고양이, 참새, 동네마다 뛰노는 아이들,
그리고 네 잠들 때
하늘에서 깔깔대며 달리는 별들, 끝없이 반짝이는 것들.

≪허지만 아빠,
기차는 수색에서 잘 거야
둥글게 맴돌다 꼬리에 코를 박고,

여름 이사

다시 한번 만져본다.
창틀에서 좌우로 조금씩 벗어나
보일 듯 말 듯 저녁 마당 속으로
서서 엎드려서 서로 간질이며
내리는 여름비.

잘 있거라.
빗줄기 속에 고개 들던
몇 그루 꽃나무들이여
머리 뜨거운 밤
목덜미에 찬물 부어주던 펌프 주둥이여
자정 넘은 뒤
같이 깨어 짖던 동네 개들이여
잘 있거라.
나는 혼자 짖을 것이다.

짖지 못할 것이다.
조그만 아파트 방 책상머리
새벽 두시의 무거운 공기 속으로
읽던 책 모두 띄우고 웅크리고 앉아
어깨에 아이들과 나를 얹고 서 있는

철근의 식은 힘을 느낄 것이다.
웅크리고 앉아
평면으로 누운 세계의 얼굴을
만질 것이다.

여 행

또 이곳에 왔다.
흐림도 비 오다 그침도 눈 마냥 내림도 아닌
십이월 저녁 하늘의 이곳다움
걸어가며 우리는 사진을 찍었다.
네거리와 골목을 찍고
입다물고 동체(胴體)로 남은 집들을 찍었다.
사람들은 모두 한곳을 향해 서 있었다.
동네 개들도
개 곁에 붙어 선 아이들도
한곳을 향해 서 있었다.
그들이 향한 곳
사진의 윤곽 밖으로
간척지가 널려 있고 그 속에
바다 놓친 돛배가 서 있었다.
긴 돛대가
배의 한가운데를 찍고 갯벌에 박혀 있었다.
마른 게껍질들이 거품처럼 묻어 있었다.
문질러도 문질러도 지워지지 않는

막 얼 순간 물의
가슴 철렁함.

일 기

하루종일 눈. 소리없이 전화 끊김. 마음놓고 혼자 중얼거릴 수 있음.

길 건너편 집의 낮불, 함박눈 속에 켜 있는 불, 대낮에 집 밖에서 안으로 들어가는 불, 가지런히 불타는 처마. 그 위에 내리다 말고 다시 하늘로 올라가는 눈송이도 있었음. 누군가 보이지 않는 손이 나비채를 휘두르며 불길을 잡았음. 불자동차는 기다렸다가 한꺼번에 달려옴.

늦저녁에도 눈. 방 세 개의 문 모두 열어놓고 생각에 잠김.

"혼자 있어도 좋다"를 "행복했다"로 잘못 씀.

지하실

갑자기 편해진다.
그렇다, 나는 진실을 말했다.
내 계속 울고 있다고
잔뜩 물 먹은 소리로 울고 있다고
주전자 삼킨 채 울고 있다고
삼킨 물 뱃속에서 마르고 있다고
이젠 다른 말 지껄일 수 없다고.

다른 말들, 아침해 앞에서 가슴 펴고 깊은 숨 쉬기, 한낮 바위 위
에서 벌거벗고 춤추기, 저녁해 따라 힘센 나무들 사이로 달려가기.
혹 자리 바꾸면, 아침해 앞에서 벌거벗고 춤추기, 한낮 바위 위에
서 가슴 펴고 깊은 숨 쉬기, 피어나는 뭉게구름, 저녁해 따라 힘센
나무들 사이에서 떼로 달려나오기, 그 사람 냄새.

벌레 하나 어두운 전깃불 유리에 몸 부딪히며
파닥이고 있다.

나는 바퀴를 보면 굴리고 싶어진다

나는 바퀴를 보면 굴리고 싶어진다.
자전거 유모차 리어카의 바퀴
마차의 바퀴
굴러가는 바퀴도 굴리고 싶어진다.
가쁜 언덕길을 오를 때
자동차 바퀴도 굴리고 싶어진다.

길 속에 모든 것이 안 보이고
보인다. 망가뜨리고 싶은 어린 날도 안 보이고
보이고, 서로 다른 새떼 지저귀던 앞뒤 숲이
보이고 안 보인다. 숨찬 공화국이 안 보이고
보인다. 굴리고 싶어진다, 노점에 쌓여 있는 귤,
옹기점에 엎어져 있는 항아리, 둥그렇게 누워 있는 사람들,
모든 것 떨어지기 전 한번 날으는 길 위로.

말하는 광대

말하는 광대가 밤새 말을 씹었다.
말들이 끊기지 않으려고 서로 얽혔다.

눈 몇 송이
바람에 뜨고

수레가 지날 때마다
길들이 끊기지 않으려고 서로 얽혔다.
밤새 수레가 지나가고
수레가 갈 때마다
가슴이 패었다.
가슴과 가슴이 끊기지 않으려고 서로 얽혔다.
가슴의 흙이 짓이겨졌다.

눈 몇 송이
바람에 뜨고.

꿈, 견디기 힘든

그대 벽 저편에서 중얼댄 말
나는 알아들었다.
발 사이로 보이는 눈발
새벽 무렵이지만
날은 채 밝지 않았다.
시계는 조금씩 가고 있다.
거울 앞에서
그대는 몇 마디 말을 발음해본다.
나는 내가 아니다 발음해본다.
꿈을 견딘다는 건 힘든 일이다.
꿈, 신분증에 채 안 들어가는
삶의 몽땅, 쌓아도 무너지고
쌓아도 무너지는 모래 위의 아침처럼 거기 있는 꿈.

우리 죽어서 깨어날 때

나는 이야기를 들고 친구에게 갔다.
이야기를 들고
이야기의 두 다리를 매고
날개 묶고
모자 씌우고
낮에 녹았던 땅 다시 소리없이 어는
여섯시, 지령(地靈)처럼 말없이 걷는 사람들 사이로
이야기의 머리 누르며 친구에게 갔다.

친구는 문간에서 주위 살피고
마당으로 맞아
이야기와 나를 풀어놓았다.
풀어놓았다.
이야기는 문을 나섰다.
우리는 길을 떠났다.

편자 박지 않은 망아지 셋이 걸어간다.
물은 모두 살얼음으로 녹았다 얼고
땅을 짚는 우리의 발목
시리고 훈훈하다.
우리는 어디엔가 멎었다.

마당에는 백목련 몇 그루가
어둠 속에 빛나는 창(槍)들을 세우고 있었다.

풀린 이야기, 이야기, 아아
마음 해달기 전 우리 살의 창(窓)이여!

성긴 눈

―김병익에게

부끄러워라.
문패와 아이들이 붙어 있는 집을 잊고
총 들고 아라한이 된 자들, 그들의 탈속(脫俗)을 밀고
털도 밀고 털과 함께 인연도 밀고
다도해(多島海), 생선들이 멋모르고 뛰는,
낮과 밤이 주책없이 섞이는,
섬들 사이로 아조아조 숨어
발동선 밑창에 네 발 깔고 엎드려
사흘 밤 사흘 낮을 소주로 내장(內臟) 깨끗이 씻고,
아슬아슬하게 간지러운
이백여 점 뼈도 시리도록 씻고,
이 악물고
마지막 남은 마음도 쏟아버리고,
갑판에 꿇어 엎드린 생(生)의 빈 찰나에
한두 마디씩 내리는 성긴 눈발
가죽과 발바닥을 식히는 이 싸늘함.
그 한두 마디를 비명처럼 열고 들어가
깨어 있자 깨어 있자 되뇌이며
우리 사는 집 위로 떨며 내린다.
아이들이 불현듯 울지 않고 잠드는
밤에도 내리고

불 끈 갈현동에도 남가좌동에도
부끄러워 구석에 세워둔
꿈에도 내린다.

계엄령 속의 눈

아아 병든 말[言]이다.
발바닥이 식었다.
단순한 남자가 되려고 결심한다.
마른 바람이
하루종일 이리저리
눈을 몰고 다닐 때
저녁에는 눈마다 흙이 묻고
해 형상(形象)의 해가 구르듯 빨리 질 때
꿈판도 깨고
찬 땅에 엎드려
눈도 코도 입도 아조아조 비벼버리고
내가 보아도 내가 무서워지는
몰려다니며 거듭 밟히는
흙빛 눈이 될까 안 될까.

초가(楚歌)

　나는 요새 무서워져요. 모든 것의 안만 보여요. 풀잎 뜬 강에는 살 없는 고기들이 놀고 있고 강물 위에 피었다가 스러지는 구름에선 문득 암호만 비쳐요. 읽어봐야 소용없어요. 혀 잘린 꽃들이 모두 고개 들고, 불행한 살들이 겁 없이 서 있는 것을 보고 있어요. 달아난들 추울 뿐이에요. 곳곳에 쳐 있는 세(細)그물을 보세요. 황홀하게 무서워요. 미치는 것도 미치지 않고 잔구름처럼 떠 있는 것도 두렵잖아요.

낙백(落魄)한 친구와 잠을 자며

　창밖에선 매맞지 않은 눈이 내리고 있지. 낮에 들여놓은 난(蘭)이 고개 숙였어. 일생을 다 합쳐도 돌아누워 오래 말없는 네 등의 끝없는 공백을 다 메울 수 없을 것 같구나. 흰 머리카락 몇 오리가 곤두서서 너도 잠 이루지 못함을 알리고 있다. 우리의 모든 과거에 어둠이 내리고, 어둠 속을 복수(複數)로 웃는, 웃다웃다 떨어지는 눈발이 내리고 있다. 수백 명 사내와 함께 누운 것처럼 잠도 방황도 시작되지 않는구나. 오래 놀던 새 갑자기 사라지듯 우리 다시 태어나지 않을 모든 마을은 온통 허황하고 슬프리라.

아이들 놀이

아빠, 나도 진짜 총 갖고 싶어,
아빠 허리에 걸려 있는.

이 골목에서
한 눔만 죽일 테야.

늘 술래만 되려 하는
도망도 잘 못 치는
아빠 없는 돌이를 죽일 테야.

그눔 흠씬 패기만 해도
다들 설설 기는데,
아빠.

새 들

새들을 부르세요
우는 새들을
갑자기 달아나는 새들을
혹은 알 속에서 이미
어른이 되어
할말을 않고 있는 새들을.

다리를 마른 나뭇가지처럼 꺾어 붙이고
한 줄로 날아가는 새들.

언덕에서 내려다보면
불빛도 눈물도 없는 밤중에
어디선가 할말을 않고
날으는 새들.

편지 1

──슈리칸트 바르마에게

지난 겨울에는 얼음이 모두 녹아 땅을 적셨고
올 봄에는 바람만 몹시 불었습니다.
이번 여름에는 미칠 듯 가을을 기다릴 것 같고
가을에는 또 꽝꽝한 얼음장이나 기다리며 살겠습니다.
산불이 몇 번 켜졌다
소리없이 스러지겠지요.
부디 당분간 편지 주지 마십시오.
인도(印度)의 의젓한 성전(性殿) 사진이나 몇 점
두 나라 세관의 눈을 피해 보내주십시오.

　＊인도 시인 슈리칸트 바르마는 아리안족답지 않게 키가 작고 통통한 사내다. '국제 창작 계획'의 주선으로 미국 아이오와 시에서 7개월 간 같은 아파트 건물에서 사는 동안 우리는 두어 차례 다툰 일이 있다. 너무도 코즈모폴리턴연했던 그의 생관(生觀)이 내 신경을 건드리곤 했기 때문이다. 그러나 다툰 다음날 우리는 서로의 방문을 두드려 값싼 포도주병을 몇 개씩 눕히곤 했다. 지난 편지에 그가 당뇨병으로 고생한다고 하니 인도의 술들이 연륜을 쌓겠구나.
　인도의 잘못을 용서 없이 질책하던 그가 그립다. 그 그리움이 어느 날 밤 이 시를 쓰게 했다.

그 나라의 왕

자음(子音)만 몇 개 중얼거리고
눈이 먼 채
눈이 내리고 있었다.

툇마루에 주저앉아 몸을 떨고
발을 뽑을 때
문득 마당의 설레임
마음에서 밀리는 마음의 것들.

어제도 오늘도 들여다보았다.
천리경(千里鏡) 속에는 바람 막힌 길이 있고
나처럼 우울한 사내들이
두 줄로 나란히 서서
포탄과 옥쇄(玉碎)를 주고받고 있었다.

가만
문이 열린다.
밀린 듯이 들어오는 사내
쇠가죽 낀 얼굴에
꽉 차는 눈
아무것도 보이지 않는다.

그의 손에 들린 쇠스랑
알았다는 듯이
불쑥 오른다.

이마 위에서
빛나는 쇠스랑.

바닷새들

어시장(魚市場)도 끝나고 고기들도 자리 뜨고
배들은 찬물에 배 담그고
닻줄 거머잡고 떨며
별빛 뚫린 겨울 하늘
하늘의 전부를 올려다본다.

가볍고 자주 떠는 살을 나도 가졌다.
어둠 속에 두 날개 꼭 끼고
바닷새들이 날아와
작은 부리로 떨며
허공을 쪼는 소리 들린다.
덮어씌운 하늘 어느 한편에
형(刑)틀처럼 날개 지닌 조그만 자들.

기다려,
방파제 뒤로 멀리 물러간 바다를
어디선가 만나
모든 살로 껴안고
미친 듯 쪼아댈 때를.

세 줌의 흙

자장가

　장난감 말이 쓰러져 뒹군다. 아니, 잠이 깬다. 몇 마디 아픈 말이
뱉어지지 않는다. 잠시 비 뿌리며 밤 개 짖는 소리, 몇 개의 평면으
로 사라졌던 아내와 아이들이 다시 돌아와 꿈틀거린다. 들키고 싶
지 않구나. 눈을 감고 그들이 다시 사라지기를 기다린다. 그래요,
눈을 감으세요. 그리고 하늘 한가운데서 먹구름이 조금씩 꺼지고
있는 것을 들여다봐요. 가장자리에선 잔비가 뿌리고, 비 맞는 어떤
섬에서도 그대를 그리워하는 흙이 귀면(鬼面)으로 취해 기다리고
있어요. 자세히 봐요, 그대도 흙이에요. 조금은 부끄럽고 조금은 분
한 대로 흙이 진하게 흙이 되려 하고 있어요. 몇 마디 말은 내가 쫓
을게요. 멀리 멀리, 또 멀리. 따뜻한 빗물 속에서 흙이 흙에 녹고 있
는 것을 보세요. 이제 아무것도 안 보이죠. 자, 뒹굴어요. 그리고 눈
을 떠봐요. 장난감 말이 쓰러져 뒹군다. 몇 마디 아픈 말이 뱉어지
지 않는다.

들 불

　얼굴 가린 비들이 내리고 있어요. 잿빛 복면(覆面)들이 불빛 속에
빗물에 젖어 빛나요. 울타리 넘어 번지는 들불을 따라 정신없이 달
리다 도처에서 들불이 죽는 것을 보고 있어요. 어떤 불길은 힘없이

쓰러져 잦아들고 어떤 불길은 마지막 치솟아 분노에 찬 얼굴처럼 공중에서 눈 흡뜨고 떨며떨며 오래오래 사라지지 않아요. 작은 불길들 북 치던 손 사라진 잔 북소리들처럼 이리저리 흩어져 울고, 울음의 앞에서도 뒤에서도 얼굴 없는 비가 자꾸 내려요. 내리고 있어요.

서울 1972년 가을

이 악물고 울음을 참아도 얼굴이 분해되지 않는다. 이상하다. 마른 풀더미만 눈에 보인다. 밤에는 눈을 떠도 잠이 오고 바람이 자꾸 잠을 몰아 한곳에 쌓아놓는다. 1972년 가을, 혹은 그 이듬해 어느 날, 가는 곳마다 마른 풀더미들이 쌓여 있다. 풀 위에 명새가 죽어 매어달리고 누군가 그 옆에서 탈을 쓰고 말없이 도리깨질을 하고 있었다. 여기저기 그리고 내가 서 있는 자리에, 마음 모두 빼앗긴 탈들이 서로 엿보며 움직이고 있었다.

수화(手話)

1

남들이 삭발했을 때, 삭발 그 때이른 눈발, 너는 아래 털을 밀었
어. 아내가 불현듯 웃고, 웃음 그 얼음 낀 벗음, 나선(裸線)의 전깃
불로 어둡게 켜진 밤들, 너는 소리질렀어, 어둠 속으로 소리를, 열
개의 손가락으로.

어둠 속에선 힘없는 눈발이 날리고 있다. 네 절반 웃고 나머지는
웃는 너를 바라보기다. 낄낄대는 소리. 네 전부 웃고 나머지는 웃지
않는 너를 바라보기다. 낄낄대는 소리. 자세히 들으면 침묵. 어둠
속에선 힘없는 눈발이 날리고 있다. 네 걸치고 다닌 신발 모두 모아
뒤집어놓고 네가 병(病)처럼 지나가기를 기다린다. 기다리는 열 개
의 손가락들. 어둠 속에선 힘없는 눈발이 날리고 있다.

2

이건 집이고
저건 나무다.
이건 조그만 집이고
저건 조그만 나무다.
이건 네가 사는 조그만 집이고

저건 네가 심은 조그만 나무다.
이건 웃지 않는 네가 사는 조그만 집이고
저건 자주 깨는 네가 살리려는 조그만 나무다.
너는 밤마다 혼자서 중얼거린다.
밖에선 무서리가 조용히 내리고
같은 자리에서 밤개가 짖고 있다.
가장 나은 패를 벌려놓고
가장 나은 패 펴놓은 표정으로
너는 속이기 연습을 한다.
이건 주위 살피지 않으려는 네 눈이고
저건 전신(全身)이 매달리는 네 눈물이다.
속이기, 아내와 아이를 팔진(八陣)에 벌려놓고
너를 감추기, 손이 떨어진다.
이건 집이고
저건 나무다.

3

오늘은 날이 맑았어. 신경써져. 그놈은 돌아와 마누라를 세 번 조
지고 다음날 오후엔 또 오입을 했어. 더 쉬운 말은 말기로 하자, 쉬
운 말들, 사람, 사람다움, 자유, 대포(大砲)로 쏘아도 들리지 않는

말들. 다 비었다 속삭이는 술병처럼 너는 두 손을 벌린다.

　술집 밖에는 공짜 달이 떠 있다. 너는 돌아서서 오줌을 눈다. 네 그림자도 비틀대며 오줌을 눈다. 어깨 힘을 빼고 천천히 너는 주먹을 휘두른다. 그림자는 한 발 물러서서 낄낄대며 네 목을 조이는 시늉을 한다.

정감록 주제에 의한 다섯 개의 변주

탈

탈이로다, 탈이야.
구정(舊正)부터 탈을 쓰고
탈끼리 놀다
오광대 별신굿
큰집 울 밖에서
정신없이 뛰다
연말에 탈 벗으면
얼굴의 뒤꿈치도 보이지 않아
동네마다 기웃대며
자기 얼굴 찾다가
오기로 탈을 겹으로 쓰고
구설수(口舌數) 낀 주민들을 찾아볼거나
탈 면(面)에 뜬 허한 웃음의 가장자리는
밤술의 공복(空腹)으로 조심히 닦고.

송장혜엄

이가 자꾸 시리다.
해어진 마음 기워 입고

맞지 않아 뒤집어 입고
다음날 또 뒤집어 입고
여하튼 살아가기로 작정한다.
'여하튼,' 이 말이
흐린 작문(作文)처럼 들리는구나.
잃어버린 바늘은 마음 한구석에 박혀
더듬을 때마다 찌른다.
찔러,
거듭 찔러,
끓을까말까 주저하는 뱃속의 물
배고파도 짖지 못하는 개들의 떼
수풀마다 머리를 덤불에 박고
숨죽이고 떠는 꿩들,
그리고 드러누워
흘러가는 나를.
찔러,
아직 움직이는 심장의 어디
아직 덜 먹힌 땅의 어디
혹은 철망의 가시처럼
무수히 박혀 희미하게 녹스는 저 별들 아래
숨쉬는 곳이면 누운 자도,

찔러.

십승지(十勝地)

선조(先祖)들, 선조들, 마음 독하게 먹은 붕(鵬)새들. 누런 안개 일어 방에 기어들고 하늘에 검은 구름 모이고 논밭에선 뭇개구리 우짖을 때.

난리다 난리. 하룻밤 새고 나면 어떤 자는 나귀 타고, 어떤 자는 소 타고, 어떤 자는 맨발로, 재 넘고 내 건너 비 맞고 눈 쓰고 해어진 볼기에는 바람도 끼고, 눈비 섞여 막(幕)처럼 내리는 산속, 풍문처럼 열수록 닫히는 곳으로 몰려가는 저 사람의 떼. 아이들, 강아지들, 섣불리 우는 닭들, 하루 이틀 사흘 뛰다보면 인마가 강물처럼 넘쳐, 풀리지 않는 저 강물들, 열 곳에서 흘러내리는 열 줄의 물결은 이리 꿈틀 저리 꿈틀 출렁출렁 꿈틀꿈틀, 어떤 물결 원주 철원 지나 관북(關北)으로 빠지고, 어떤 물결 전주 광주 목포에 닿고, 어떤 물결 한성에 붙고 평양에 붙어, 꿈틀꿈틀 출렁출렁 오도가도 못하고 두 줄 세 줄 서로 얽히기도 하고, 그때마다 외상 밀린 주모의 신발도 밟고 군노사령과 박치기도 하고, 참새도 날고 까치도 짖고 아이도 울고, 출렁출렁 꿈틀꿈틀 끝없는 저 행렬들, 저 율동들!

그렇다, 어떤 외적이 저 열 줄의 행렬을 흩트릴 수 있단 말인가.
철기(鐵騎)로 끊으면 다시 이어붙고, 강궁(强弓)으로 부수면 다시
꾸역꾸역 몰려와 빈자리를 메웠을 것이다. 흘러내린다, 지금도, 마
음에서 무엇이고 도려낼 때면. 도려낸 누런 안개 검은 구름 뭇개구
리 울음 소리, 저 행렬, 풍문, 생(生) 한가운데서 저절로 움직이는
우리의 사지(四肢).

소형 백제불상(小形 百濟佛像)

슬픔도 쥐어박듯 줄이면
증발하리. 오른발을
편히 내놓고, 흐르는 강물보다
더욱 편히. 왼팔로는
둥글게 어깨와 몸을 받치고
곡선으로 모여서 그대는
작은 세계를 보고 있다. 조그만
봄이 오고 있다. 나비 몇 마리
날고, 못가에는 가혹하게
작고 예쁜 꽃들도 피어 있다.
기운 옷을 입고 산들이 모여 있다.
그 앞으로 낫을 든 사람들이 달려간다.

그들은 어디로 가는가.
어디로, 그리고 우리는?
그대는 미소짓는다.
미소, 극약(劇藥)병의 지시문을 읽듯이
나는 그대의 미소를 들여다본다.
축소된다, 모든 것이, 가족도 친구도
국가도, 그 엄청나게 큰 것들,
그들 손에 들려진 채찍도
그들 등에 달린 끈들도, 두려운 모든 것이 발각되는 것으로,
돌이킬 수 없는 엎지름으로,
엎지름으로, 다시는 담을 수 없는.

소 리

돌들이 다시 희어진다, 변하는 우리. 소리, 물이 하상(河床)을 벗어나는, 말의 물을 모두 쏟아버리고 전신(全身)이 공중에 날아올라 바람에 불려가는 소리, 불려오는 소리, 들 가득히 쌓였다가 들 가득히 자신을 태우는 소리, 너울대는 얼굴들, 잔뼈들이 미치는 소리. 우리가 우리의 잠속에서 감쪽같이 울 때 잠속에 감쪽같이 스며들어와 우리가 되어 우는 소리. 우리 모두가 문신(文身)이 되는 소리. 살 어디에고 빈틈없이 새겨지는 이 저림들.

256

아버지가 죽은 후 아버지가 명당(明堂)마다 타오른다.
명당이 죽은 후 명당이 우리 자리에 타오른다.
우리가 죽은 후 우리가 흰 옷 입은 도적이 되어 타오른다.
흰 옷 입은 도적들, 빨래 같은, 도처에 널린 저 흰 천들.

죽음이 저질러졌다. 바람 소리들이 되돌아왔다. 던진 돌도 되돌아오고 깨어진 머리들도 되돌아왔다. 삭제된 문장들도 삭제된 채 되돌아왔다. 골목에 파수 세우고 문서 태우고 우리가 습격하는 우리의 집들, 소리 소리 우리.

조그만 사랑 노래

어제를 동여맨 편지를 받았다.
늘 그대 뒤를 따르던
길 문득 사라지고
길 아닌 것들도 사라지고
여기저기서 어린 날
우리와 놀아주던 돌들이
얼굴을 가리고 박혀 있다.
사랑한다 사랑한다, 추위 환한 저녁 하늘에
찬찬히 깨어진 금들이 보인다.
성긴 눈 날린다.
땅 어디에 내려앉지 못하고
눈뜨고 떨며 한없이 떠다니는
몇 송이 눈.

더 조그만 사랑 노래

아직 멎지 않은
몇 편(篇)의 바람.
저녁 한끼에 내리는
젖은 눈, 혹은 채 내리지 않고
공중에서 녹아 한없이 달려오는
물방울, 그대 문득 손을 펼칠 때
한 바람에서 다른 바람으로 끌려가며
그대를 스치는 물방울.

더욱더 조그만 사랑 노래

연못 한 모퉁이
나무에서 막 벗어난 꽃잎 하나
얼마나 빨리 달려가는지
달려가다 달려가다 금시 떨어지는지

꽃잎을 물 위에 놓아주는
이 손.

김수영 무덤

첫째 갈피

나무들이 모두 발을 올린다.
지루하고 조용한 가을비
내리며 내리며 저녁의 잔광(殘光)을
온통 적신다.

우산을 잠시 묘비에 세워놓고
젖은 마음을 잠시
땅 위에 뉘어놓고
더 붙들 것이 없어 나는
빗소리에 몸을 기댔다.
등에 등을 대어주는 빗소리.

빗소리 속에도 바람이 부는지
풀들이 흔들리는 것이 보인다.
나뭇잎들이 흔들리고
가지들이 흔들리고
이 악물고 그대가 흔들리고
마지막으로 다시 풀들이 흔들린다.
뿌리뽑힌 것들은 흔들리지 않는다.

둘째 갈피

서울 근교의 산이 모두 얼어 있다.
한편에 밀려 남아 있는 그대의 언덕
하늘은 자꾸 어두워가고
아직 남은 말들은 하나씩 힘을 풀고
눈송이로 떨어진다
내려앉은 눈송이들
머리에도 어깨에도 손등에도 마음 위에도.

살에서 나를 털어버리고 싶다.
그리곤 시린 살만이 남아…… 살의 시린 채찍 소리,
휙 휙 사면에서 점점 자라는
눈송이들, 한 송이 두 송이 얼 송이 또 열 송이
공중에서 몇 번 멈칫대다
하나씩 고개 들고 흰 새가 되어,
아 발톱까지 흰 새들.

자세히 보면 이상한 불도 켜 있다.
지평선의 작은 한 뼘
나머지는 밟고 있다 온통 얼은 발들이.

쉬우리 짧은 금이 지우기 쉬우리
아이들이 외로울 때 무심히 지우리.

흰 새들이 불을 끄고 다시
눈송이로 떨어지는 이 언덕.

돌을 주제로 한 다섯 번의 흔들림

작은 돌

큰 돌이 작은 돌을 쳐서 부숴뜨리는 것을 보았습니까. 마음 흔들린 돌들이 머뭇대며 눈길을 돌리는 것을 보았습니까. 뜨겁고 아픈 빛 사라지고 등들을 보이며 모두 함께 식어가는 저녁 무렵, 돌 하나가 스스로 물 속으로 뛰어드는 것을 보았습니까. 물 가장자리에선 새들이 황망히 날고 길들은 문득 얽혔다 풀어지고 다음엔 틀림없이 밤이 되는 그런 시각에 아무 곳에도 매달리지 않고 돌 하나가 남몰래 물 속으로 뛰어드는 것을 보았습니까.

항상 더불어

이렇게 울지 않는 놈들은 처음 본다. 면상(面相)에 완전히 긴 금 간 놈도 울지 않는다. 묵묵히 묵묵히 서 있을 뿐. 한낮의 햇볕 갑자기 타오르며 움직이던 그림자들 문득 정지하고 서로 마주보며 살던 무리들 수레에 포개져 실려갈 때도 이들은 묵묵히 서 있다. 누군가 땀 흘리며 얼굴을 지운다. 먼저 입과 코가 지워지고 눈이 지워지고 기억의 가장자리 표정이 지워지고 드디어 '너'도 '나'도 지워진다. 가만히 주위를 둘러보라. 어느샌가 '우리'만 남아, 아 항상 더불어 같이 살아야 할.

이것은 당신의

이것은 당신의 머립니까
돌려드릴까요
당신의 목에.

이것은 당신의 한짝 손
돌려드리지요
당신의 떨리는 다른 손에.

이것은 당신의 귀군요
다른 귀는,
들립니까 들립니까.

잘 안 보이는 이것은,
당신 게 아니라고요
가만있자 가만, 그렇지
이건 제 입술이군요

뒤에서 누가

뒤에서 누가 떨고 있는지 볼 필요 없어요. 누가 손가락을 들어 다른 돌에게 넌지시 그대를 가리키고 있는지. 누가 그대를 향해 다가가고 있는지. 깨질 땐 정면으로 깨져요. 손가락 하나 발바닥 하나 남기지 말아요. 손금 이어지는 자리도 버려요. 지문이 있으면 지문마저 풀어버려요. 바람이 다시 방향을 바꿉니다. 바람이 바뀌어도 돌아보지 말아요. 그대의 깨진 조각들이 다시 깨질 준비를 하고 있어요. 그들이 밟고 있는 풀의 무늬들 너무 선명해요.

1974년 여름

어떤 내부(內部)도 난 가지고 있지 않다. 내 지폐엔 이별이 있을 뿐이다. 이별 끝에는 도시에 갇혀 도시의 이상한 공기가 되어 띠도는 친구들이 비친다. 빚으면 소주가 되는 공기, 소주가 되어 깨는 공기, 나는 정신없이 숨을 쉬었다. 사람들이 달려가고, 그들을 따라가면 의자가 몇 개 넘어져 있고 가설 무대에선 연극이 한창이었다.

≪귀뚜라미의 귀가 보여
≪완전히 망가진 여름이지

266

≪그럼 넌?

≪다들 망가질 때 망가지지 않는 놈은 망가진 놈뿐야.

물

── 원주 구룡사에서

내가 보이지 않는다.
산에 산을 주는 골짜기
그 앞에 온몸 칡꽃 입고 선 바위
자연스레 서 있는 침엽수 몇 채
검정 나비들이 사방에 박혀 너울대는 공간
그 속에 물이 흐를 뿐
어디에서도 내가 보이지 않는다.

멀리 뒤로는 무인도로 떠 있는 새가 보인다.
아침 마당에 잘못 들른 새
그 새 울면
떨며 구석에 머리 박던
조롱 속의 새
틈 주어도 날아가지 않던 새
어느 날 문득 새끼들을 살펴보고
다시는 감히 옆을 보지 못하던 새.
아는가 아는가
조롱이 옮겨져왔다.
문이 열리고
무언가 조그맣고 살아 있는 것이
걸어나왔다.

주위 살펴보고
되돌아 들어갔다.

내 언제 주저앉은 나를 되찾아
허리 새로 껴안고
인간의 문을 모두 열고
땅에 입 박고 떨며 흐르는 저 물의 맛을 볼 것인가.

편지 2

이곳 오후는,

공기 반쯤 빠진 풍선 같습니다.

아무도 날 수 없습니다.

발이 걸립니다.

새들도 나는 시늉만 합니다.

겨울 산의 어깨는 하얗지만

하얗게 타고 있지만

허리께부터는 낙엽을 아직 달고 서 있는

병든 겨울나무 색깔입니다.

불행이라니, 당신은 행복유무주의자(幸福有無主義者)시군요.

오늘은 종이 다섯 장에

행(行)을 이루지 못하는 낱말들을

가득 썼습니다.

그 낱말들은 숨을 들이쉬고 있었습니다.

　* 오 년 전에 나는 편지 형식의 시 한 편을 인도 시인 슈리칸트 바르마에게 썼다. 그에게 보내는 두번째 편지다. 팔 년 전에 아이오와 대학 국제 창작 계획 회원으로 있었을 때 사귄 친구로 예리하고 따뜻하고 가난한 시인이었다.
　「편지 1」은 꽤 비관적인 작품이었다고 생각된다. "당분간 편지 주지 마십시오"라는 구절까지 들어 있었으니까. 「편지 2」는 그래도 행복론자(幸福論者)를 벗어난 나를 보여준다. 「편지 3」에서는 또 무엇을 벗어난 내가 보일 것인가?

맨 홀

눈이 다시 내리는구나.
낮에도 어둡지.
자, 창에서 얼굴을 돌려 눈 크게 뜨고
네 감추고 다닌 이 칼을 봐라.
잭나이프 쓰는 법은 이렇다.
펼 때는, 아들아, 잽싸게 잘 보이게 펴야 해.
그러나 자연스럽게
팔짱 끼듯이
팔짱 끼고 슬며시 걷듯이
그리고 찌르지는 않더라도
상대방의 심장은 알아야 해.
손과 얼굴이 굳어도 가슴에 뛰는 것이
심장이다.
봐라, 이 뛰는 것
멀리서도 그게 보여야 해.

≪허지만 아빠,
난 어제 주머니에 손 찌르고
슈퍼마켓까지 갔어.
오는 길에 자동차에 치인 애를 봤어.
순경이 오기 전에 자세히 봤는데

손발이 움직이는데도
가슴 뻐개진 틈으로 뛰는
심장 같은 건 없었어.
피가 흘러나와 곧장
맨홀 구멍으로 들어갔어.

정원수(庭園樹)

우리는 나무를 심었다.
얌전한 것들만 골라
말없는 시종들처럼
그들은 서 있다.
입 감추고 얼굴 감추고
발소리도 감추고
팔만 달고.

잎을 들어보일까요.
이쪽을 보세요.
(모두 팔을 든다.)
아직 꽃은 피지 않았어요.
마음속으로 벌써 폈다 진 놈도 있지만
내년 봄에 핍니다.
(모두 팔을 내린다.)
그때까지 당신과 아이들 옆에
말없이 서 있겠어요.
(못박힌 손으로 뿌리들이 땅속을 헤집는다.)

전지(剪枝)하고 문 잠그고
우리는 안심하고 잠이 든다.

외등(外燈)이 우리의 집을 지킨다.
집이 튼튼하다.
튼튼하다, 우리의 잠도.
무언가 안에서 술렁거리고
식구들이 문득 허우적거릴 뿐.
쳐들어왔다, 쳐들어왔다,
손마다 갈구리와 몽둥이 들고
안에서 쳐들어왔다.
나무들이 쳐들어왔다!

초가을 변두리에서

쨍하며 해가 빨리 진다.
아이들이 달려가다 그림자에 붙들린다.
채 빠지지 않고
여기저기 쓰레기 사르는 불로 남아 있는 여름.

지난 여름에 대해서는 묻지 마시압.
저 숨죽여 타는 불
나무들이 조용히 수척한 머리를 저을 뿐
우리 세대를 용서하시압.
──여기는 지옥이 아니다, 서울이다.
이 밀물도 되고 썰물도 되는 세상에서
인간처럼 살려 한 것 용서하시압.
──끼울대는 바위의 물거품.

혹은 용서 마시압.
바람 불다 멎고
모든 꿈 타올라 구름으로 하늘에 뜰 때
질 일 두려워 피지 않고 봉오리로 남은
부호(符號)로 모인 우리를
용서 마시압.

모래내

모래 위로 손 잡고 나란히 서서
방금 물결에 지워지고 있는
나무와 새와 자전거와 사람들,
모래내의 굴뚝들,
하늘에 별 몇 개만 지워지지 않는다.
아랫도리부터 지워지다 말다
다시 지워지는 추억,
검은 가지에서 불을 끄는 꽃들.

오 슬래브 지붕이여, 바람에 불리는
모두 기어 내려오는,
발 헛디디며 몸이 쏠려
모래 위에 서서 비틀거리는,
아랫도리부터 지워지는
우리의 모습.

차렷!
엎드려뻗쳐!
(삶아, 삶아, 엿이다.)

눈 내리는 포구

그대 어깨 너머로 눈 내리는
세상을 본다.
석회의 흰빛
그려지는 생(生)의 답답함
귓속에도 가늘게 눈이 내리고
조그만 새 한 마리
소리없이 날고 있다.

포구로 가는 길이
이제 보이지 않는구나.
그 너머 섬들도
자취를 감춘다.
꿈처럼 떠다니던 섬들,
흰빛으로 사방에 쏟아져
눈 맞는 하늘
자취를 감춘다.
그대와 나만이 어깨로 열심히 세상을 가리고

아니 세상을 열고……
그대의 어깨를 안는다.
섬들보다도 가까운

어떤 음탕하고 싱싱한 공간이
우리 품에 안긴다.

사랑의 뿌리

1

내 고향은
그대 홀로 걸은 곳.
그대 고향은
내 황홀히 매맞은 곳.

우리 고향은 이제 잠들고
때린 자들도 잠들고
겨울이 오고
낡은 철선(鐵船)들이 정박해 있다.

고향도 얼굴도 모두 벗어버리고
몸에 춤만 남은 우리
바다는 갑자기 부풀어오르고
땀 흘리며 바삐 녹 닦는 배들.

2

지금 사랑은 아무것도 아니기.
사랑, 그 엄청나게 흐린 날

거리 가득 눈 퍼부은 저녁
차(車)들이 어둡게 막혀 있는 거리
갇힌 택시 양편에 죽마(竹馬) 붙이고
세차게 뛰는 엔진 감싸안고
양 옆구리에 단 죽마 짚고
겅중겅중 뛰어가기.
앞이 막히면 좌우로 뛰기.
그대 팔을 들면
사랑, 그 조그만 서랍들을 모두 열고
엉켰던 핏줄 새로 빨며
흐린 구름 뚫고
함께 떠오르기.
눌렀던 춤이 튀어오른다.
지금 사랑은 아무것도 아니기.

3

우리는 이쁜 아이들이야
우리는 이쁜 아이들
우리는 이쁜

아아 이뻐라
우리는 열려 있다.

창밖에 얌전히 서 있는
나무들도 바쁘다.
땅속으로 서로 더듬다가
잠시 호흡 멈추고
뿌리와 뿌리를 마주 댄다.
아아 이뻐라

우리는 이쁜 아이들
우리는 이쁜

4

돌이 허리 굽혀 눈을 헤치고
돌을 물었다.
물린 돌이
환히 웃는다.
주저없이 바람이 멎고
가득 찬 달이 뜨고 있다.

잊혀진 별들까지 모두 모여
끝없이 끝없이 빛나는 하늘
이제 사랑은 아무것도 아니기.

저 구름

저 구름 좀 봐
용 같지, 무엇엔가 물린
용 같아.
흐르지도 못하고 엎드려 있어.

용에도 외로운 용이 있겠지.
채 용 못 되고
도시 상공에 떠돌다 여백으로
사라지는 놈도 있겠지.
좀 모자라는 용도 이뻐라.
구름과 구름이 만나
같이 흐를 때
끼이지 못하는 구름도 이뻐라.

서로 만난 구름과 구름의 일행이
서둘러 떠난 후
문득 서녘 하늘에 밀려
자지러질 듯 불타는 구름.

생략할 때는

생략할 때는 침묵 앞에서
혀가 망가지기.
손으로 말하기.
손이 그을 수 있는
섬세한 몇 개의 선(線).

한 선 끝에
그대 가고
다른 선 보이지 않는 저 끝에
내가 오고 있다.

선들이 '모월모일(某月某日) 흐림'으로 어두워지고
늦은 눈 내린다.
눈 옷에 몸 익힌 나무들이 따로따로
그러나 편안히 서서, 그 편안함으로
보이지 않는 곳에서
우리를 서로 보게 한다.

손이 긋는 몇 개의 선
생략할 때는.

어젯밤 말 한 마리

어젯밤 말 한 마리 울타리 넘어 달아나
아침 안개 속에 돌아왔다.
울타리 위로
네 다리 스치듯 뜨고
꼬리털이 떨고
안개가 울타리 너머로 넘쳐내린다.
우리 안에서 이리저리
다른 말들이 피해다닌다.
턱을 줄이고 온몸이 충전(充電)되어
말은 오전 들판을 내다보고 있다.
목수들은 울타리 높이느라 한창이다.
말은 알고 있다.
온 세상이 한우리 속임을,
울타리를 높이면
다시 들어올 수 없을 뿐임을,
말은 오전 들판을 내다보고 있다.

오늘은 아무것도

오늘은 아무것도 하고 싶지 않다.
아침에 편지 반 장 부쳤을 뿐이다.
나머지 반은 잉크로 지우고
'확인할 수 없음'이라 적었다.
알 수 있는 것은 주소뿐이다.
허나 그대 마음에서 편안함 걷히면
그대는 무명씨(無名氏)가 된다.
숫자만 남고
가을 느티에 붙어 있는
몇 마리 까치가 남고
그대 주소는 비어버린다.
아침은 거르고
점심에 소금 친 물 마셨을 뿐이다.
우리에 나가
말 무릎 상처를 보살펴준다.
사면에 가을 바람 소리
울타리의 모든 각목(角木)에서 마음 떠나게 하고
채 머뭇대지도 못한 마음도 떠나고
한치 앞이 캄캄해진다.
어둠 속에

서서 잠든 말들의 발목이 나타난다.

내일은 늦가을 비 뿌릴 것이다.

뒤돌아보지 마라

뒤돌아보지 마라 돌아보지 마라
매달려 있는 것은 그대뿐이 아니다.
나무들이 모두 손들고 있다.
놓아도 잡고 있는 이 손
목마름,
서편에 잠시 눈구름 환하고
목마름,
12월 어느 짧은 날
서로 보이지 않는
불 켜기 전 어둠.

서서 잠드는 아이들

서서 잠드는 아이들
우리는 서서 잠드는 아이들
달빛 속에 어는 들판을 질러 올 때
말없이 '우리'를 이루는 아이들.
서로 깊은 생각에 잠겨
시내를 건널 때
얼음이 든든한가 두드려보지 않았다.
약속이 두드려지지 않았다.
손, 발, 발가락, 달고 있는 것들이 모두 얼었다.

앞산에 산불이 인다.
옆의 아이가 잠자며 노래부른다.
다른 아이는 잠속에서 소리없이 웃는다.
꿈에서 함께 놓여나며
우리는 그 웃음이 노랫소리임을 알아맞힌다.

우리는 서서 잠드는 아이들
서서 노래와 울음을 끝내는 아이들
끝내지 않으려고
함께 서 있는 아이들.
앞산에 산불이 인다.

그대 나를 신나게 벗고
나도 탈 벗고
흔적 없이 그대를 벗을 때까지
옷과 함께 얼굴도 벗고 춤의 탈도 벗고
춤의 핏줄이 보일 때까지
우리는 서서 잠드는 아이들.

앞산에 산불이 인다.

그대 뒤에 서면

그대 뒤에 서면
흐린 들판 들여다보고 있는
그대 뒤에 서면
같이 걷다 걸음 멈춘
그대 뒤에 서면
모든 것이 새벽 꿈으로 환해진다.

석등(石燈) 뒤에 늦춰 서서
머리 나직이 숙인 또 하나의 석등.

그대 걸음 옮겨
돌다리를 건너면
봄에 새로 깨어나는 냇물의
아라한(阿羅漢)들이 저절로
소리내고 있다.
몸에 담긴 소리 그대로
드러내는 소리
소리내는 것들이 모두 환하다.

아는가 아는가
새벽 시냇물 빛

돌다리와 그대와 나를
싸고 도는 아라한들의
환한 아랫도리
환한 땅과 하늘이 비치는 빛.

아는가 아는가
따로 기울이던 귀 녹고 혀 녹고 얼굴도 녹고
말 한마디로 더듬는 우리.

맨발로 풀 위를

맨발로 풀 위를 걷는 저녁
수박색 치맛단을 적시며
주황색 도랑물이 흐르고 있다.
기억의 한가운데가 조금씩 밝아진다.
막(幕)이 열리고
산들이 멀리 낮아지고
그대와 내가 거석(巨石)처럼 서 있다.
자라는 풀들을 온통 종아리에 달고
그대와 내가 서 있다.

우리는 수상한 아이들

우리는 수상한 아이들
우리는 기웃대는 아이들
이 세상 거리에서
도둑처럼 살며
열린 집 열린 사람 만나면
온몸으로 떨고.

온몸 떨려 모든 관절 풀려
떨음 감추기,
낯선 골목 끌려가지 않기,
어느 저녁 들켜
한 마당 두드려지고
어둠 속에 눈뜰 때
낯선 골목 낯익어지지 않기.

우리는 수상한 아이들
서로 떨어져도 복수(複數)로 살며
어느 하루 어느 아침
어느 하늘 속에서도
도둑으로 살며.

악어를 조심하라고?
(1986)

꽃 2

나는 나무들이 꽃을 잔뜩 피워놓고
열매가 생기기를
우두커니 서서 기다린다고 생각할 수가 없다.

사방에서 벌이 잉잉거릴 때
꽃들은 먼발치서 달려오는 벌을 맞으러
하나씩 문을 열 것이다.
꽃송이 하나하나가
마침 파고든 벌을 힘껏 껴안는
이 팽팽함!

배나무나 벗나무 상공(上空)에서
새들은 땅 위에서 환한 구름이 일어나는 것을 보고
잠시 천상(天上)과 지상(地上)을 잊을 것이다.

삶에 취해

삶에 취해 비틀거릴 때가 있다.
아스팔트 갈라진 틈에 구두 끝을 비비다가
밖으로 고개 내어미는 풀꽃의
쥐어박고 싶을 만치 노란
콩알만한 꽃송이를 보거나
구두 끝에 꽃물 남기고 뭉개진 꽃의 허리가
천천히 다시 들릴 때.

봄날 아파트 뜰에서
같이 살며 잊고 지낸 문둥이 새를
문득 새로 만날 때
눈썹이 희고 목이 노란
(이름이 뭐더라, 얼굴 참 낯익은데)
그놈이 까딱 고개 숙여 인사를 한다!
잠시 머릿속이 환해 비틀거린다.

별

우주의 모양새가 어떻게 생겼든
원반형이든 축구공형이든
한입 뜯긴 도넛형이든,

　　밤하늘의 별을 보라
　　노란 별 파란 별 붉은 별
　　쌍둥이별 난쟁이별
　　우주 한구석에 남몰래 태어나
　　어느 깊은 밤 흔적 없이 죽는 별

이른 아침 풀잎 끝에서 막 굴러떨어지기 직전
맑은 이슬맺힘형이든,

　　새벽 하늘의 별을 보라
　　어느샌가 길 떠나는 별들
　　"아 내 별이 꺼졌다."
　　"오늘밤에 또 돋을 거야."

사람 하나하나의 마음이, 조그맣고 또렷한 빛으로,
살아 있는 우주 여기저기 박혀 있다면!

혼(魂) 없는 자의 혼노래 1

마음 한 가닥은 터미널 지하 상가에서 운동화를 고르고
다른 가닥은 보은군 내속리면 대목리 비탈길을 오르는
저 수상한 사내 좀 봐!
밤새 이슬 맺힌 풀숲을 걸었는지
바짓가랑이 젖어 있고
서울 말씨 야릇하고
특별한 사유 없이
장기 출타했다가 귀가한 사내.

아파트 자기 동(棟)을 지나쳤다가
조심히 되돌아와
슬며시 입구로 스며드는 저 사내!

혼 없는 자의 혼노래 2

— 김명렬에게

눈 털며 웃는 속리산 갈대들을
눈 비비며 보듯이
반쯤 미쳐서, 넋을 잃고
자갈밭에 물 흐르는 소리를 듣는다.

취하자는 친구의 청 뿌리치고
멀쩡하게 술만 퍼마시고
눈 온 후에 자갈들이 숨지 않고 숨쉬는
냇가를 찾아가
(어훙!)
낮달이 미친 듯 떠 있는 것을 본다.

혼 없는 자의 혼노래 3

날자 날자
두 날개를 펴고

──접근하면 발포함
──종로구 상공을 비행하는 물체는 경고 없이 발포함
(어느 상공이든 발포할 때 발포함.)

날지 못하는 곳에선
자취 남기지 말고 걷자.

혼 없는 자의 혼노래 4

높은 데서 낮은 데로 물 넘치듯이
아는 자의 앎이
모르는 자의 모름으로 자리 옮기듯이
사람들을 만나 인사를 나눌 때
그들의 혼이 넘쳐서 나에게 건너오려 한다.
잠깐!
슬며시 그들 어깨에 올라가 무등을 타고
혼들은 씨익 웃으며 두 팔 벌린다, 나를 향해
뛰어내린다.
(아찔!)

간신히 피하는 나의 몸짓을
사람들은 갑자기 걷힌 구름 탓으로 생각하리라.

그러나 혼자 돌아오는 나는
날을 것 같다
물갈퀴만 해달면
빌딩과 하늘 사이를 두 팔 헤저으며
가볍게 (어흥!)
날을 것 같다.

악어를 조심하라고?

1. 나는 뭐지?

친구 동생의 사무실
"도와드리고 싶지만⋯⋯"
창밖의 눈발은 어두워지고
탁자 위엔 식는 커피.

그가 잠깐 자리 비운 사이
낯익은 사무용 컴퓨터를 확인하다가
슬쩍 "soul〔魂〕"을 찍었다.
작동 키를 누르자 모니터에
"Crazy〔미쳤어〕?"

누가 장난쳤군.
창밖에선 다시 훤해지는 눈발
아직 그가 오는 기척 없어
슬쩍 "craze〔狂氣〕"를 찍었다.
작동 키를 누르자 모니터에 글자가 나타났다.
"Know thyself〔네 몰골 좀 봐라〕!"

2. 뜨거운 배를 난간에 대고

뉴욕 하수도에 악어가 산다는 미확인 보도가 있은 후
복개된 청계천에서 악어가 논다는 소문이 퍼졌다.
삼청동 어느 집에서 애완용으로 기르던
새끼 악어들이 도망쳐
(크로커다일이 아니고 앨리게이터 악어라 함)
수도육군병원 앞 복개천을 따라 기어 내려가
한국일보 옆구리를 지나
그렇지, 우리 가끔 들르던 대구매운탕집을 스쳐
광교에서 일제히 좌향 앞으로 하여
청계천으로 내려가 3간가 4가쯤에서
새끼치며 잘살고 있다는 이야기.

겨울에도 춥지 않고 먹을 것만 있다면
행복하지 말란 법은 없지.
허나 때로 밖에 나오고 싶지는 않을까?
어느 여름밤 비 추적추적 뿌릴 때
청계천을 빠져나와
한강에서 무자맥질 몇 번 하고
반포쯤에 상륙하지나 않을까?

아파트 사람들이 「사랑과 진실」*에 빠져 있을 때
계단을 기어 올라가 옥상 난간에 뜨거운 배를 대고
비를 맞으며
서울의 불빛을 내려다보고 있지는 않을까?

3. 종묘 앞 싸락눈

싸락눈 솔솔 뿌리는
종묘 앞 숯불돼지갈비집

단성사서 영화 보고 싸락눈 맞으며 걸어가
잠긴 문 틈으로 저 낮고 긴 지붕의 집 종묘가
곱게 눈 맞으며 서 있는 것을 보고
동양의 파르테논 어쩌구 헛소리를 하며
겁먹은 듯 서 있는 조랑말들 사이를 지나
김수영(金洙暎)씨와 몇 번 들른 집.
잘 모르는 소리 지껄이는 건
지금도 매양 마찬가지
"탈[mask] 이론은?"
(베아트리체를 사랑한 불한당 단테를 보라.)
"객관 상관물이란?"

(兩人對酌山花開〈李白〉——둘이 서로 술 따르니 막 산꽃이 핀다,
혹은 OB잔 부딪칠 때 배호의 노랫소리)
모를 듯 알 듯 모를 순간
기도(氣道) 조이는 그 쾌감.

가만!
지금 내 정신 상태 제대로 보여줄 객관 상관물은?
(아파트 계단을 도로 기어 내려가는 악어?)

하긴 텔레비나 영화에 등장하는 동물 가운데
그래도 제일 길 안 드는 게 악어더군
성(聖)타잔도 길들일 수 없는……

"황형, 혼자 술 드는 폼
여직 어색하군요."
귀익은 목소리에 얼핏 뒤돌아보니
민음사판 전집 사진 속에서처럼
티셔츠에 앙상한 몰골로
김수영이 앉아 있다,
양복 윗도리를 술상에 걸쳐놓고
3센티쯤 자란 머리카락에

입웃음을 웃으며.

나 취했구나!
허지만 2홉병 하나 채 넘어뜨리지 못했는데
두 눈 비비고 남은 잔 비우고
다시 뒤돌아본다.
"그리고 황형은 혼자 살 줄을 몰라,
오늘 같은 날도 날 부르니."

종묘 앞 싸락눈 덕분이겠죠.
(예전엔 달구지 끄는 조랑말들이
깊은 생각에 잠겨
큰 눈 껌벅이며 눈을 맞던 곳.)

"아니 자리 옮기지 맙시다.
마주앉으면 내가 도망치고 싶어질 거요.
그건 그렇고 요즘 글쓰는 사람들
다 잘 있습니까?"

(우린 다 잘 있는가?)
잘 있지요

특히 젊은 친구들 열심히 쓰고 있습니다.

"젊은애들에 대한 야분가요?"

(야부! 그 상처!
생〔生〕배와 아스팔트가 맞닿는 그 감촉.)
독설 여전하시군요.
그런데 오랜만에 서울 들르신 느낌 어떻습니까?

"상처받은 자들이 많더군요.
술집에서 속 털어놓고 한 말과
반대되는 이야기를 글로 쓰는 자들 마음속에
혹처럼 자라는 상처."
없앨 방법은?
(전정 가위론 안 되겠지.)

"없애긴 왜 없애요?"

(그렇지, 눈을 감기 위해 눈을 봉할 순 없지.)
화가 날 때는?

"부셔!"

기분 좋을 땐?

"마셔!"

싸락눈 내릴 땐?

"셔!"

셔라?

"부셔, 마셔!"

그렇다면 셔!

"적셔!"

둘이 따로따로 그러나 같이 한바탕 웃고
어깨춤 추며 노래부른다.

싸락눈 내릴 땐
같이 맞고 걸으면 되지
싸락눈 내릴 땐

같이 젖어 걸으면 되지
외로운 악어 알고 밟진 마시압
같이 푹 젖어 걸으면 되지.

* 1980년대 초반 인기 TV 연속극.

꽃이 질 때

아 행복의 끄트머리가 흐지부지된들 어떠리
어느 봄날 저녁
뭇벚꽃으로 환하게 흩날린들
칙칙하게 서부해당화로 시들어
나뭇가지 휘어잡고 어둡게 매어달린들
하나의 노래가 흐르다가
풍금 소리 뒤로 흔쾌히 사라진들.

(혼자 발 밑에 폈다 소리없이
사라지는 꽃도 있다.)

주머니 속에서 두 손의 뼈를 꺼내
무릎뼈 위에 올려놓고
기척 없이 앉아 듣는
꽃잎 날리는 소리.

점박이 눈

한 귀퉁이
꿈나라의
한 귀퉁이
——金宗三의「꿈속의 나라」
   故 金宗三을 위하여

그대 세상 뜨고
길음성당 안팎의 늦추위
점박이 눈이 내리고

길음시장의 생선가게들을 지나
목판 위에서 눈 껌벅이는
(자세히 보면 껌벅이지 않는)
모두 입벌린
(한꺼번에 숨막혀 죽은)
생선들을 지나
얼어 있는 언덕을 올랐다.

점박이 눈이 내렸다.
가늘게 검정테 두르고
가운데 흰 점 박힌 눈송이들

머리와 어깨에 쌓였다.
성당 정문에서 천상병(千祥炳)씨 부인과 인사 나눴을 뿐
문학판 사람들은 하나도 만나지 못했다
("그들은 그때 어디 있었는가, 오버?"
"프라이버시 침해하지 말라, 오버.")
낯선 문학청년 하나가
눈 맞은 머리를 숙여 인사를 했다.
"사진에서 뵌 선생님이시죠?
저는 김종삼 시인을 사랑한 놈입니다.
발자국을 따르다 보니 예서 그만 끝이군요.
앞으로 무슨 맛에 살죠?"
내 장례식에 혹시
이런 허황되고 멋진 청년이 올까?
(온다면 깊이 잠들기 힘들리.)
기억하는가, 김종삼,
그대 홀로 헤매고 다닌 인수봉 골짜기
비 갓 갠 검은 냇물 위에
환히 맴돌던 낙엽 한 장을?
그 몇 바퀴의 삶을?

그대 장례식의 이 어두운 골짜기 같은

314

이 황당함, 이 답답함.

영결 미사가 시작되고
합창이 막을 열었다.
복사가 종을 흔들자
그대는 하느님의 이상한 아들이 되어 신발 한 짝 끌고
성가(聖歌) 속에 잠시잠시
숨었다 나타났다 했다.
몰래 따라 들어가보면
그대는 막 출발하는 버스에 매달렸다
신문지 말아 감춘 진로병을 가슴에 안고.

눈이 껌벅여지지 않았다.
추위 때문인가
입을 벌려도 숨이 답답했다.
(마음이 얼얼하면
몸 속이 환해지리.)
그대 탄 버스 앞길에 자욱이 내리는 눈
점박이 눈이었다.

첫 봄비

──앞의 시를 잠시 보류하고 김종삼에게

소주 부은 주전자에 오이채 썰어넣고
소주 녹기를 기다리는 동안
창밖에선 기어이 첫 봄비가 내린다.
세상의 뒤틀림이 약간 제자리로 펴지는 기척들
멈칫멈칫하다가 다시 펴지는가?
저 빗소리 그대에게도 들리는가?
(참말로 들리는가?)
우리 업(業)으로 떠메고 다닌
그대의 집 나의 집을 부려놓고 마음놓고 떠돌 때
저 소리 더 가까이 들리지 않겠는가.
빗소리 듣고 맞고 만지고 젖고 흐르고
드디어 스스로 봄비가 되어 내리지 않겠는가.
혹은 이 밤 땅에 채 내리지 못하고
가까운 동네 불빛에 잡혀
공중에 그냥 훤히 떠 있기도 할 것인가?

금지곡처럼

두 손등 동시에 검버섯 피기 시작했다.
그 두 손 동시에 핸들에 올려놓고
브레이크 끼익끼익
한계령을 넘었다.

누가 밀지 않아도
우리는 밀려 낡아가는가?
옛노래의 가사처럼, 꿈결처럼, (금지곡처럼).

한밤중 슬며시 혼자 여관을 빠져나와
초소병 눈을 피해 간첩처럼, 금지곡처럼
바닷가로 스며들어
몸과 바닷속에 소주 한 병씩 갈라넣는다.
환히 출렁대는
동해의 가장자리.

모래 위에 노 하나를 거꾸로 박아놓고.

피

'그린 스위트' 한 알을 넣으면 아침 커피가 너무 달아
면도날로 알갱이들을 반쪽씩 쪼개고 있었다.
"건강 되게 좋아하시네" 하고
면도날의 마음이 한번 삐끗했는지
왼손 검지에 칼날이 꽂혔다.
흐르는 피를 닦으며 나는
꽃병에서 시드는 꽃을 보았다.
며칠 동안 물을 갈아주지 못했군.
왜 나는 바쁘게만 살지?
손가락으로 꽉 누르니 피는 멈추고
그곳 감각이 아기자기해진다.
그냥 멈추기만 해서 될까?
별로 깨끗지 못한 몸 어둠 속에서 피가
머리에서 배로 배에서 사타구니로
사타구니에서 다리로 다리에서 발바닥으로
발바닥에서 다시 멍청해진 머리로
계속 맴돌다 이따금
밖으로 나가보고 싶지 않을까?
아침 대야를 확 물들이는 코피
때로 눈에서 터지는 실핏줄……
손가락을 뗀다.

피가 길을 묻는 듯이 우물쭈물하며
그러나 되돌아서는 일이 없이 흘러나온다.
피가 흘러나오는 것을 보노라면
'나'라는 생명도 어둡게 맴돌던 삶에서
한번 슬쩍 겁없이 벗어나보고 싶을 것이라는 생각이 든다.
우선 출구를 순색(純色)으로 물들이고
삶의 손가락을 타고 흘러
흙, 혹은 시멘트 바닥에 떨어질 것이다.
(소리없이) 철썩!

저녁 약속한 친구가 벌써 불현듯 그리워진다.

벌도 나비도 없이

서리 자잔히 몇 번 치고
베란다의 풀과 나무들이 거실로 쫓겨 들어왔다.
문주란, 소철, 귤,
아파트나라의 관음죽,
우표만한 빨간 잎 이마에 달고 서 있는 단풍.

첫눈 내렸다.
관음죽 옆의 유도화가
갑자기 나타나 꽃을 피웠다.
진한 향내.

보아줄 벌도 나비도 없이
살아 있는 것이 그냥 좋아서?

아내와 아이들이 외출한 사이
FM을 수돗물처럼 좍 틀어놓고
목욕 마친 수건 바람 그대로
유도화 향기 속에 갑자기 나타나 춤을 추었다.
춤!

방림(芳林)의 가을

—— 김정웅에게

빗소리인가 손을 내밀었더니 바람 소리였다.
그대가 왜 차를 멈추었는지 의아해하며
잠시 앉아 듣는
백덕산 동쪽을 온통 쓸어내리는 맑은 빗소리.
차창 밖으로 다시 손을 내밀면
역시 바람 소리.
사면에서 강원도 산들이 높아진다.
마음에서 말[言]들이 생각에 잠긴다.

청령포(淸泠浦)

늦 눈

대철(大哲) 플라톤이 이상국가에서 시인들을 몽땅 내쫓았다며,
노점상인 쫓듯이, 좌판들을 뒤엎고!
거 참 잘한 짓이지
가객(歌客)은 이따금 불러 창(唱) 한차례 듣고
술 멕여 보내는 거여.
아문!
술 먹고도 행복지 않은 자나
행복지 않은 체하는 자들은 꼬리표를 달도록.
꼬리표를 달아 어디로?
청송 보호감호소?
아니, 영월 청령포로 보내지.

스스로 자수해 신고하는 자도 있겠지.
어느 늦눈 뿌린 날 오후, 영월 시외버스 정류장에 내려
택시 잡아타고 청령포로 달려가
강을 가로질러 매어논 와이어를 잡고 건너는
밑이 평평한 배를 타고 서강(西江)을 건너곤
며칠 동안은 소리쳐 불러도 모른 체하라고
사공에게 돈 주며 사정하는 자도 있겠지.

눈 뿌린 끝이 환한 날.

금표비(禁標碑)

삼면이 강물이고 뒤에는 육륙봉(六六峰) 험준한 봉우리
그 사이에 웅크리고 앉아 있는 송림(松林) 오천 평.
"동서 삼백 척 남북 사백구십 척
이 밖으로는 절대 나갈 수 없음."
늦겨울 햇빛 눈부신 눈이불 속에
송림이 따스하다.

금표비 곁에 조그만 움집 하나 짓는다면
힘든 계절 하나를 예서 나고 싶다.
먹을 것 한 짐 싸지고 들어가
눈을 쓸고
종아리까지 빠지는 삭정이와 솔잎 걷어
밝고 가벼운 불 지피고
아침 저녁 서강물로 씻어내면
정신의 군더더기는 며칠 내 절로 빠지겠지.

꿈속에서마저 살이 마른 며칠 후

새로 구멍 뚫어 허리 조인 혁대를 매고 강가에 나가
불러도 건너오지 않는 사공을 기다릴 것인가?
혹은 아무 생각 없이 자갈밭을 거닐다
저녁이 오면 흔쾌히 움막으로 되돌아갈 것인가?
아니면, 이건 비밀이다,
신발과 양말 벗고 몸이 더 가벼워져
흐르는 얼음장 피하며 물을 살짝살짝 밟고
유유히 걸어 강을 건너볼 것인가?

청령포의 봄노래

아이들이 노래하고 있다.
얼음장 하나에 네댓씩 올라가
때로는 발을 구르며
긴 막대들을 삿대처럼 저으며.

얼음장들이 노래하고 있다.
강 건너에는 어느샌가 여자애 여남은 명이 모여
재잘대고 깔깔대며 얼음뱃놀이를 구경하고 있다.
저녁 햇빛을 받아
얼굴들이 모두 환하다.

빛나는 것들이 재잘대고 깔깔거린다.

얼음들이 노래한다.
청령포가 오르내린다.
노래하고 웃는 것들 앞에서
노래하고 웃는 몸짓이라도 해야 할까
마음을 온통 바람에 맡기고……
저놈 봐!
애 하나가 자지러지듯 웃다가 미끄러져 물 속에 빠진다.
앗 차거!
그애와 내가 동시에 떨며 건져진다.
위아래 이가 힘차게 부딪칠 때
한참 밝게 웃는다.

  * 영월 청령포는 단종(端宗)이 유배되어 일 년을 보내고 죽임을 당한 곳. 청령포 송림(松林) 안에는 단종의 행동을 제약하는 명령문이 새겨진 금표비가 지금도 서 있다.

줄타기

집을 나서면 줄을 탄다.
등뒤로 말뚝이 박히고
하늘 어디엔가 또 하나 말뚝이 박힌다.
보이지 않는 비가 내린다.
줄 따라 두 팔 들고
몸의 중심을 옮긴다
뒤로도 옮긴다.
보이지 않는 비가 자꾸 내린다.
이따금 힘겹게 치는 번개
언뜻 말뚝이 보이다 사라진다.
사라진다, 앞길이 보이지 않는다.
보이지 않으면 꿈을 꾸고
꿈이 꿈 같지 않으면 뒤집어 꾼다.
누른 해 하늘 한가운데 빛나고
나는 벌거벗고 거리에 서 있다.
사람들이 하나같이 낯선 사람들이
둘러서서 내 안을 들여다보고,
흔들어도 다시 안 뒤집어져
흔들어도 다시는.
보이지 않는 비가 자꾸 내린다.

시 인

고기를 잡지 않는 어부가 살았다.
바다가 그의 귓전에 늘 머물러 있었다.
온 세상에 꾸중 들은 아이들만 보이는
어둡고 고요한 저녁이면
바닷속이 환히 뒤집어지기도 하였다.
어둡던 골짜기가 밝아지고
쌍쌍이 속삭이며
헤엄쳐오는 물고기들
허리에 오색(五色) 구슬 두른 놈도 있었다.
꼬리에 뽀오얀 등(燈)을 단 놈도
두리번거리다 되돌아가는 놈도
섬들이 긴 숨 들이쉬고
가라앉기도 하였다.

모든 강의 밑바닥 바다에 닿듯이
마음줄 모두 내린 어부가 살았다.

아꼈어, 그래 참 환했어,
추억 속에 나란히 헤엄친 물고기에겐 듯
만나는 사람에게 손 내민다
온 세상에 꾸중 들은 아이들만 보이는
어둡고 고요한 저녁이면.

꽃 한 송이 또 한 송이

창살 뒤에 누워 있는 꽃 한 송이
창살 앞에 누워 있는 꽃 한 송이
창살 옆에 누워 있는 꽃 한 송이
그 옆에 누워 있는 꽃 한 송이

사면(四面)은 흐린 하늘이다.
여기에 꽃 저기에 꽃
창살 뒤에 누워 있는 꽃 한 송이.
창살을 열어라, 더 높은 담장이 보일 것이다.
간단하게 죽고 사는 우리가 보일 것이다.
발 맞추지 않고 노래 맞추는
걸어가는 꽃들이 보일 것이다.
겨울에도 보일 것이다.

깃발 하나 채 흘러내리지 않고
깃대 한가운데 멎어 있다.
창살 뒤에 누워 있는 꽃 한 송이.

따로따로 그러나 모여 서서

풀 몇 줄기 눈 위에 솟아
바람에 흔들렸다.
솜털까지 파란 풀 몇 줄기 눈 위에 솟아
바람에 흔들렸다.
따로따로 그러나 모여 서서
풀 몇 줄기 바람에 흔들렸다.
하늘에는 머뭇대며 한 줄기 기러기떼가 날고
바람이 그치고
조용히 주고받는 말소리가 들렸다.
풀 몇 줄기 눈 위에 솟아 바람에 흔들렸다.
말소리가 흘러와
눈 위에 쓴 말을 지웠다.
따로따로 그러나 모여 서서 우리는
지워진 글을 같이 읽었다.

아파트생전(生傳)

──김현에게

안개 잠시 걷히고
내리는 통행금지.
올라갈 때다
속옷 벗고 겉옷만 걸치고 늦겨울 추위 속에
아는 모든 말 중얼거리며.
옥상에는 하늘이 어둡고 별이 어둡고
눈이 어둡고.

더러운 중년이라 욕하지 말아다오.
우리가 음탕하다면 안심하는 사람들이
모든 옥상에서 내려갔다.
모든 옥상이 비었다.
살아 있는 것은 늦겨울 바람 속에 세워논 몸뿐.
다시 한번 중얼거린다, 들리지 않게,
들리지 않게 중얼거림만 남은 곳이
바로 죽음, 중얼거림보다도 더 캄캄한
중얼거림.
심호흡을 해본다.
쓰고 찬 공기가
허파의 물기를 어루만진다.
무엇인가 식지 않는 것이 꿈틀거린다.

꿈틀대는 것을 조인다.
중얼거린다, 중얼거림 속에
짐승 냄새, 아 네가 있구나.
내 포수(砲手)는 아니지만
두 눈에 삼발을 키고
창(槍)대를 거꾸로 잡고
짐승 자취를 따라 지구의 한바퀴를 돌까,
혹은 아파트 두 동의 옥상 위를
따로따로 돌까, 혹은,
이건 비밀이다, 창경원 철창을 하나씩 잡아들어가
누울까.
나는 지금 깨었는가 꿈을 꾸는가.

어린 시절 애인의 죽음

환히 멎어 있는 물금
오늘 파도는 너를 둘러싸고
강화섬 뒤로 숨고
영종섬 앞바다가 온통 복숭아꽃이다.

통통배 타고
옛이야기의 과거로
과거의 옛이야기로
섬과 섬 사이를 돌며
혹시 혼자 서 있는 파도를 만날까
환한 두 볼로 서 있는 파도를.
파도와 맨발로 나란히 걸어
어느 한 봄을 골라
미래 금지(未來禁止) 구역을 벗어나볼까.
벗어나서는 또 따로따로 걸어
항구를 벗어나
복숭아꽃 가득 핀 바다를 건너
섬과 섬 사이를 돌며
혼자 서 있는 파도를 만날까.
뒤로 돌아 눈감고 하나에서 백을 세며
천천히 걸어가
눈뜨고 캄캄히 뒤돌아볼까.

겨울의 빛

마지막으로 잠긴 창의 단추를 벗기고
단춧구멍의 실밥을 벗겨내고
자갈 위로 눈 내리는 소리를 듣자.
여섯 개의 수정(水晶)깃을 달고
어둠을 자기 몸만큼씩 흔들어 녹이고
어둠과 함께 팔다리도 녹이고
끝내는 몸뚱어리까지 녹여 없애고
작고 하얀 자들이 날아다닌다.
없는 팔로 바람을 껴안고
서로 만나고 피하며 부딪치고 숨다가
바람이 바람이 되기 위해 몸을 흔들 때
하나씩 들켜 하얀 결정체가 되어 내린다.

첫눈 녹다 말고 또 눈 내리는 저녁
발목을 물에 잠그고 숨어 있던
조그만 무지개다리가 내린다.
멀리 기적 소리 들리던 기차도
일찍 켜져 어리석게 매달려가던
불빛도 내린다.

도처에 숨어 있던

숨음 속에 숨죽임 속에 낯이 익던
너무 낯익은 자신이 무서워
거리에 나가 어리석게 들켜
숨쉬며 우리가 되던
우리들이 내린다.

내리지 않고 다시 뜨는 몇 송이 눈
부서지지 않고 뜨는 맛에 취해
잠시 눈을 감고 헤매다가
다른 눈에 겹쳐 내린다.

들키지 않았다면
우리는 좀더 넓게 떠돌 수 있었을 것인가?
들키지 않았다면
더 많은 들과 산을
긴 지평선을
그 위에 떴다 사라지고 다시 뜨는
구름과 왜가리떼와 텅 빈 하늘을
마음의 틀로 가지고 있었을 것인가?
겨울이면 자기 숨소리보다 더욱 넓게
속으로 주위를 녹이던 샘물을

마음의 틀로?

사람 사이에서 사람이 들켜 사람이 될 때
들키지 않았다면
사람 사는 거리를 옅은 안개처럼 떠돌며
보이는 것과 보이지 않는 것의 중간에서
보이는 것을 그리워하는 안 보이는 것이 되어
혹은 하회(河回)를 싸고 도는 낙동강 물이 되어
하회탈들을 비출 수 있었을 것인가?
웃는 탈 우는 탈 성난 탈 들을 동시에 비추는,
그 뒤에 숨어 있는 또 하나의 탈을 비추는.

혹은 소백산맥의 안 보이는 부석사(浮石寺)가 되어 떠다니다
보이는 부석사를 만날 수 있었을 것인가?
혹은 들리는 부석사가 되어
돌계단을 오르며 겨울바람 소리를
인간의 귀를 모두 막아도 들릴 수 있게 했을 것인가?
그리하여 매일 자신으로 태어나는 일을 잠시 멈추고
태어나는 일 자체가 될 수 있었을 것인가?
태어남, 만남, 그리고 모든 것의 시작이
이루어질 수 있었을 것인가?

아니다, 지금도 우리는 숨어 있다.
낮은 겨울해 바람에 밀리고
망치 든 구름 하늘을 가로지를 때
우리 모두의 마음 떠올라 자욱이 하늘에서 쫓길 때
타이 매고 단정히 걸으며
혹은 타이 풀고 겨울밤을 등지고
인간의 귀를 모두 열고 땀구멍까지 열고
술에 취해 큰 소리로 자신을 주고받아도
우리는 숨어 있다.

흰 나비가 흰 꽃에 숨어 있다.
아무도 없는 뜰에는 바람도 자는데
조용함이 햇빛을 햇빛으로 흐르게 하는데
그대는 볕에 녹아 흐르며 다가간다.
푸른 풀에서 메뚜기가 뛰고
그대의 손 앞에서 흰 꽃이 들켜
나비가 되어 날아간다
흰 꽃에서 떠나 흰 나비가 흰 나비로.

어느 날 누가 앞에 나서지 않아도

모이는 우리들
노래하며 모이는 우리들
노래에 모여서 각기 다른 목소리로
함께 노래부르는 우리들
두려움 속에 삶에서 노래로
노래에서 삶으로 도주할 때
노래부르지 못하는 자신이 들킬 때
혹은 들켜서 도주하지 못하고 노래부를 때
비로소 우리는 우리가 되는 것이 아닐 건가.
아아! 쉬잇, 감탄사는 눈을 너무 어지럽힌다.
달리다 혼자 선 채 잡혀 땅 위에 점을 찍을 때
우리는 비로소 감탄사가 되는 것이 아닐 건가.
감탄사 속에 숨은 틀이 되는 것이 아닐 건가.

눈이 내린다.
눈송이 하나하나가 어둠 속에서
눈 내리는 소리로 바뀌는 소리 들린다.
가본 부석사와 못 가본 부석사가 만나
서로 자리를 바꾸는 광경이 나타난다.
창의 단추를 다시 잠그고 자리에 누워도
들린다, 들린다, 창의 고리를 벗기고 다시 눕는다.

내 감춘 모든 것이 나에게 들켜
부석사가 되고 더러는 떨어져나가
하회가 된다.
다시 가보아야 하리.
가는 길은 사람 사이에서 자신에 들켜 숨쉬며
자기가 되는 길이리.
우선은 마음의 관리인을 집으로 돌려보내고
새벽 눈 위에 찍힌 그의 발자국을 따라가보리.
모든 마을의 맨 처음 입구를 만나리.

최후의 솔거(率居)

최후로 황룡사를 떠나는 그대!
바다가 바다에서 길을 잃고
높은 파도로 설 때,
파도의 마지막 얼굴
표정만 남아
그대 그린 노송(老松)의
흰 머리칼 높이로
혹은 한 둥치에서 두 줄기 높이 자란 노송으로
가슴 벌어진 채 설 때,
바다가 그대와 헤어져 길을 잃고
높은 파도로 설 때
그대의 파도와 만날 때
두 파도가 최후로 서로 바라볼 때,

모든 그림에서 깨어나
그대는 노송도(老松圖)가 타버린 꿈을 그린다.

둘이서 하늘을 날려면

상원사 동종(銅鐘)의 비천상(飛天像)을 아시는지.
그 종 울릴 때
오대산 양편에 뜨던
무지개를 아시는지.

하늘을 날려면
둘이서 같이 가볍게 무릎을 세워야지
손에는
세상에 갓 태어난 악기를 하나씩 들고.

오대산이 아니면 어떠리
서울 근교의 어느 조그만 골짜기에서도
둘이서 무릎 세우고
마음 다 쏟아놓고 가벼워진다면,
그리고 종 뒤편에서
다른 한 쌍이 악기를 타며 막 날기 시작한다면!

눈 감고 섬진강을 건너다

단단한 것은 모두 녹이 슬었다.
포(砲)들을 위장하듯 마음 구석구석에 감추어둔
감추고 검은 풀로 덮어둔
발화(發火)의 말뭉치들을 찾아보아라.
여기저기 겨울 지난 거미줄들 날아다닌다.
마른 풀들도 날아다닌다.
마음의 뚜껑을 잠시 열고
옷깃 여미고
국도(國道) 벗어나 멀리 가지 못하고 주저앉은
마을을 벗어나 말없음을 벗어나
더 큰 침묵을 향하여
걸어가보아라.
지리산 중턱에는 아직 눈과 바람이 남아 있지만
강 건너 복숭아밭의 검은 줄기들은
꿈의 문자(文字)들처럼 싱싱하다.
싱싱하다, 생전 처음 보는 낙서처럼 신나게
읽어보려무나.
물가에 신발 가지런히 벗어놓고
전쟁 예보와 비누로 더러워진 옷도 벗어놓고
마음은 뚜껑 열린 채 내던져놓고
뒤돌아보지 않고

눈감고 혼자 초봄 저녁 강을 건너는 자의
뼈 시린, 뼈 시린 따사로움.
돌들이 걸린다.
발가락들이 전부 살아 있었구나, 속삭이듯
속삭이듯 길 하나 없는 이 길의 편안함.

망초꽃

군(郡) 이름은 잊었지만
무량면(無量面) 정토리(淨土里)
그런 곳이 없다면
누가 시외버스에 실려 몸 뒤척이며
암모니아 냄새 자욱한 홍어회처럼 달려가겠는가.

타버린 산이 삭고
산속에 새겨논 마애불도 삭아버리고.

이따금 돌조각이 저절로 굴러내리는
절벽 앞을 걷다가
흰 빨래로 걸려 있는 구름 앞에서
그 흔한 망초꽃 속의 어느 눈썹 섭섭한 망초 하나와 만나
인사를 주고받겠는가.
"듣고 보니 우린 꿈이 같군,"
"끝이 환했어,"

같은 꿈을 같이 꾼 자들이
같은 창살 속에 서서 같이 흔들리는 그런 곳,
무량면 정토리가 없다면.

노래자이의 노래놀이

공중 헤엄

나는 요새 헤엄치며 삽니다.
한 줄기 눈보라 내려앉지 못하고
공중에 되올려져 떠돌 듯이
남들 보기에는 춤추듯이
춤추듯이, 춤보다도
더욱 가볍게 너울대듯이.

자 이제 아랫도리를 보여드릴까요
아랫도리는 윗도리보다도 가볍습니다.
자연스레 자맥질해 내려가는 모습으로
공중에 뜹니다.
내려갈수록 디 뜹니다.
발을 허우적거립니다.

신호가 아닙니다.
잔뜩 흐린 구름 밑에 해가 떠 있는 희한한 날
맥도 없이 그림자도 없이
귀 먹먹하게 자맥질하며
거꾸로 떠 헤엄치는 건.

바다에 내리는 눈

큰 파도가 조그만 파도에게 말한다.
머리를 좀더 숙여라
네 뒷덜미가 아름답다.

흔들리는 조그만 파도 앞에
몇 방울 물이 떨어진다.

몸 둔 채
고개만 들이밀어서는 아무것도 보이지 않는
보이지 않는
장막(帳幕), 그 속에
말없이 내리는 눈.

노래자이의 길

한강이 갑자기 어두워진다.
상류 쪽이 그래도 훤해
목욕을 하고
내복 갈아입고

안경 벗어야 활자가 보이는 눈을
그래도 씻어 붙인 채
마장동 터미널 대합실에 쪼그리고 앉는다.

양구군 심곡사(深谷寺)로 갈거나
백덕산 법흥사(法興寺)로 갈거나
산과 군 이름 모두 잊어버리고
북한강 남한강 다 지워버리고

자갈 소리 감춘 마른 강바닥에서
바람 소리 감춘 공중까지
높이 쳐 있는 담요구름 뚫고 들어가
처음 만나는 사람 무작정 껴안고
피해망상가(被害妄想家) 예 있소, 소리칠 것인가?
혹은 과대망상인(過大妄想人)처럼 조용히 집들의 속을 살피며
섬돌에 놓인 신발의 배열이
반역의 신호임을 알아차릴 것인가?

눈 내리는 찰나,
종점의 지명도 없이
종점 값 물고 탄 시외버스 뒤꽁무니에 실려

346

찬 술에 쥐치포를 씹다가
가볍게 일어나 겉옷을 벗고
깨끗한 속옷을 보여줄 것인가?
우리 모두 뚫어논 길만 다니는 자들이다, 소리칠 것인가?

눈발이 굵어지며
버스 창이 어두워진다.
운전사가 라디오를 끄고 속력을 몰아친다.
나는 조용히 옆사람에게 잔을 권하고
쥐치포를 권하고
브레이크 잡아도 미끄러지는
버스를 권한다.

편 지

―― 마종기에게

며칠 전 계속 세 번 어금니를 빼고
발치(拔齒) 집게를 피해 세 밤 계속 꾼 꿈이
회현동집, 너 왜 알지, 스물서너 해 전
이층 다다미방에서 소주병 굴리며
문학이 가볍냐 생(生)이 가볍냐
혹은 가을밤이 가볍냐 재보던 곳.
그 집 현관 앞 벽오동이 그 동안 크게 자라
이층 창 안을 들여다보며 웃고 서 있고
앞마당에는 과꽃 무리, 철이 철이라
마음 부시게 피어 있었지.

옛날에 금잔디 동산의 매기
같이 앉아서 놀던 곳

남산을 바라보며 오르는 골목길
제3터널이 뚫린 후에도 그대로 있군.
옛날 어느 하루처럼 목판 위에
감들이 탐스럽게 앉아 있는 가겟집
오른편으로 꺾어들며 옛날 어느 하루처럼 눈을 감고
곧 왼편, 스무 걸음 걷고 오른편으로 돌아
열 걸음 걷고 천천히 층계를 오르면,

물레방아 소리
들린다 매기

누가 살고 있을까?
혹시 쌀쌀맞은 여자가 나와
주인 안 계시니 다음에 오라고 하지나 않을까?
망아지만한 도사견이
문 뒤에 웅크리고 있지나 않을까?
층계 중간쯤에서 슬그머니 눈을 뜨며
그냥 돌아가는 게 어때, 스스로 물었지.
뭔가 이상한 느낌, 아 오동이 없어졌구나.
층계를 마저 올라가 초인종을 누르며
문틈으로 마당을 훑었지.
과꽃도 사라지고
나무로 만든 큰 걸이대 몇 채가
이상한 것들을 잔뜩 건 채 서 있었어.

물레방아 소리
그쳤다 매기

문을 연 중년 사내는
이십여 년 전 옛주인을 향해 무표정하게
들어오라는 몸짓을 했지.
그리곤 일요일이라 공원들이 없는
빈 제화 공장을 보여주었어.

마당 가득 나무걸이대에 가죽들이 걸려 있었다.
아래층은 온통 구두들 차지
이층은 감히 구경도 못 했다.
오 분 만에 재회를 끝내고
나오다가 문득 지난 생각 떠올라
앞 담장 밑을 구두 끝으로 파보았다.
무언가 예전에 묻긴 묻었는데
기억나지도, 파서 나오지도 않았다.

어금니 몇 뽑거나
마음의 광도(光度) 슬그머니 낮아진
옛 애인을 만나기 전에
우리 만난 모든 것,
아침에 눈 비비며 나갔다
저녁에 한잔 생각하며 돌아오는 하늘가에

외로이 떠 있던 태양을 위해 쓴 몇 줄의 산문,
산문이 뒤틀렸다 풀리며 탄력을 받아
만들어진 몇 마디 시구(詩句)들,
그것뿐이다 우리 지니고 갈 것은,
버스를 내려 아파트로 돌아가는 마음 앞에
진홍 단풍으로 살아 있는 것은.

　　지금 우리는 다 늙어지고⋯⋯

늙다니!
현관에 발 들여놓으려는 마음을
몸이 돌려세운다.
아파트 광장으로 쫓겨나온다.
단풍나무 가지에 수액이 선명하다
황해와 동해가 한쪽 귀에 하나씩 소리없이 출렁댄다.
그래 친구여, 오늘밤에는
큰 대야물 같은 태평양을 뛰어 넘어가
"지저분하게" 너를 만나지 말고
혼자 놀다 되뛰어 넘어오는 꿈을 꾸리라.

다시 편지

——앞 편지를 줄여서

이 건달놈!
(바보같이 살자
바보같이 신나게.)
흔들리는 대야물 속에 신나게
흔들리는 해.

누가 몰래 다녀갔을 때

어젯밤 누군가 담 넘어와
마당에 발자국을 남기고 갔다.
추억 속의 뜨락처럼
소리없이 문이 열려 있다.
담장에 세워둔 비 집어들고
담에서 채 기어 내려오지 못하고 걸려 있는
마른 담쟁이 줄기를 바라본다.
이상하다
뒤꼍에 숨어 있는 옆집 강아지가 마음속에 보인다
그의 젖은 새카만 콧등.

눈 위의 발자국을 비로 쓸어낸다.